MAREN GRAF (Hrsg.)
Padermorde

TOT AN DER PADER Es wird kalt im Paderborner Land. Eiskalt. Und das liegt nicht nur an der winterlichen Jahreszeit. Denn gleich mehrere Mörder ziehen durch die Stadt und machen der besinnlichen Gemütlichkeit den Gar aus. Statt Eiskristalle hagelt es Geschosse, die stille Nacht durchbricht ein Schrei und nicht nur der Festtagsbraten liegt tot auf dem Tisch. Mit Friede und Freude ist es endgültig vorbei. Dreizehn deutsche Krimiautoren stürzen sich in eine mörderische Adventszeit und sorgen mit ihren Kurzgeschichten für spannende Lesestunden um den Gefrierpunkt. Mal heiter, mal düster, mal bewegend erzählt, bekommen hier auch die Schatten abseits der Lichterketten eine Gestalt. Für alle, die in der winterlichen Gemütlichkeit auch den Nervenkitzel suchen.

Maren Graf wurde in Schleswig geboren und verbrachte ihre Kindheit an der Ostsee rund um Kiel. Seit 2011 unterrichtet sie Deutsch und Philosophie an einem Gymnasium und lebt mit ihrem Mann und drei Söhnen in ihrer neuen Heimat Paderborn. Neben ihrer Lehrtätigkeit schreibt sie vorwiegend Kurzgeschichten und Krimis.

Bisherige Veröffentlichungen im Gmeiner-Verlag:
Todschreiber (2016)

MAREN GRAF (Hrsg.)
Padermorde
Weihnachtliche Kurzkrimis von der Pader

Personen und Handlung sind frei erfunden.
Ähnlichkeiten mit lebenden oder toten Personen
sind rein zufällig und nicht beabsichtigt.

Immer informiert

Spannung pur – mit unserem Newsletter informieren wir Sie
regelmäßig über Wissenswertes aus unserer Bücherwelt.

Gefällt mir!

Facebook: @Gmeiner.Verlag
Instagram: @gmeinerverlag
Twitter: @GmeinerVerlag

Besuchen Sie uns im Internet:
www.gmeiner-verlag.de

© 2018 – Gmeiner-Verlag GmbH
Im Ehnried 5, 88605 Meßkirch
Telefon 0 75 75 / 20 95 - 0
info@gmeiner-verlag.de
Alle Rechte vorbehalten
3. Auflage 2019

Lektorat: Claudia Senghaas, Kirchardt
Herstellung: Mirjam Hecht
Umschlaggestaltung: U.O.R.G. Lutz Eberle, Stuttgart
unter Verwendung eines Fotos von: © Zefram https://commons.wikime-
dia.org/wiki/File:Paderborn_Weihnachtsmarkt.jpg
uck: Custom Printing Warschau
Printed in Poland
ISBN 978-3-8392-2327-7

Es läuten die Glocken vom Domturm hernieder
Sie warnen, sie schreien, sie bangen
Doch es ist zu spät, schon verstummen die Lieder
Die Padermorde ... haben angefangen.

INHALT

Vorwort   9

Gänseschmaus mit kleinen Fehlern
Gisa Klönne   11

Onkel Thorsten
Maren Graf   29

Ex und hopp
Horst Eckert   39

Wer andere in die Grube lockt
Wolfram Tewes   56

Auszeit
Susanne Kliem   72

Ein mörderisches Krippenspiel
Thomas Breuer   78

Haltloses Weiß
Thomas Schrage   107

Du sollst nicht töten!
Joachim H. Peters   124

Der Tintenkiller
Christian Jaschinski   137

Die schwarze Köchin
Andrea Gehlen   163

Fleischeslust
Christiane Höhmann   180

Blaulicht am Dom
Rita Maria Fust   198

Paderborner Weihnachtswunder
Mauritz von Neuhaus   216

Die Tatorte   231

Die Autoren   241

VORWORT

Ich schaue auf die verschneiten Dächer der Stadt. Auf das Geflecht aus Straßen und Häusern dieses friedlichen Domstädtchens. Mit seinen sprudelnden Quellen und prachtvollen Bauten.

Menschen stehen plaudernd auf dem Markt zusammen und sitzen in den Korbstühlen ihrer Cafés. Jeder scheint jeden zu kennen. Es ist eine perfekte Idylle. Dort an der Pader.

Doch dann trübt etwas meinen Blick. Ich trete einen Schritt näher heran, betrachte das Gemälde genauer. Und plötzlich bemerke ich etwas. Einen Riss vielleicht. Ein wenig abgeblätterte Farbe am Rande der Leinwand.

Ich lege meinen Finger an die Stelle. Kratze mit dem Nagel etwas von der Oberfläche ab, die so schön glänzt. Und was dahinter zum Vorschein kommt, lässt alles gefrieren. Als hätte jemand die Zeit und das Gerede angehalten. Was bleibt, ist eine erschreckende Stille, die das Grauen nur noch deutlicher hervortreten lässt. Immer weiter frisst sich die Dunkelheit über das Bild, je mehr ich davon abtrage. Beschauliche Gassen werden eng und düster, freundliche Gesichter werfen bedrohliche Blicke, der Dom verschwindet in der Finsternis.

Ich ziehe den Finger zurück. Starre wieder auf die Dächer der Stadt. Das Netz aus Straßen und Häusern dieser mörderischen Stadt ...

In dieser winterlichen Kurz-Krimi-Anthologie entführen Sie 13 deutsche Krimiautoren in die finstersten Ecken von Paderborn und zeigen Ihnen seine dunkelsten Seiten.

Ihre Mörder ziehen um bekannte Bauwerke, durch vertraute Viertel und in entlegene Winkel.

Aber an welchem Fenster steht der Mörder? In welcher Gasse lauert der Tod?

In dieser Sammlung können Sie nicht nur die Täter ermitteln, sondern auch die Schauplätze der Verbrechen enttarnen. Die Aufklärung zu diesen Tatort-Rätseln finden Sie im Nachspann des Buches.

Ich wünsche Ihnen spannende Unterhaltung,

Ihre Maren Graf

GÄNSESCHMAUS MIT KLEINEN FEHLERN

Gisa Klönne

Margot, 19.17 Uhr

Also meine Schwiegertochter, ich weiß nicht. Dieses zerknitterte Baumwollhängerchen, das sie nun wieder anhat. Und diese strähnigen, schlecht gefärbten Haare. Und wie die immer tut. Als sei es eine Zumutung, hier zu Besuch zu sein, nein, schlimmer, als wolle ich ihren kostbaren Max-Moritz vergiften. Dabei habe ich mir mit dem Essen so große Mühe gegeben! Und gedeckt habe ich auch schön, weihnachtlich eben. Das gute Silber natürlich und die Tischdecke mit den Engeln. Die hat der Max-Moritz schon als Kind so geliebt. Aber für meine Schwiegertochter ist das alles ein Affront, die würde das Christfest wahrscheinlich am liebsten in irgendeiner primitiven Hütte verbringen, ohne Tannenbaum und Braten und Stil und vor allem ganz allein mit meinem Sohn. Für die ist eine liebende Mutter nichts anderes als eine Tyrannin. Dabei ist sie es ja, die den

Max-Moritz herumkommandiert. Leise zwar und hinter meinem Rücken. Aber ich merke das trotzdem und will mir lieber gar nicht erst ausmalen, wie das zugeht, wenn ich nicht dabei bin. Gut für den Max-Moritz ist diese Ehe jedenfalls ganz sicher nicht. Blass und mager ist er seit der Hochzeit geworden. Unglücklich, da lasse ich nicht mit mir argumentieren. Eine Mutter fühlt doch, wie es um ihr eigen Fleisch und Blut bestellt ist! Der kann man nichts vormachen, die sieht mit dem Herzen.

*

Larissa, 19.31 Uhr

Der Maxe leidet, ganz geduckt hängt der über seinem Teller. Und dazu das Gewinsel der Wiener Sängerknaben in Endlosschleife und der blinkende, völlig mit Kitsch überladene Tannebaum und diese scheußlichen, glubschäugigen Engel überall, ganz fürchterlich. Aber natürlich wagt der Maxe es auch diesmal nicht, seiner verehrten, verwitweten, liebenden und immer nur wohlmeinenden Mama die Stirn zu bieten. Da quält er sich lieber die zweite Portion Gans in den Bauch und tut so, als schmecke ihm die noch so gut wie die erste. Zwei Gänseschlegel und dazu noch Rotkohl und Klöße und diese vor Fett nur so triefende Soße. Ich verstehe nicht, wie er es überhaupt schafft das herunterzukriegen. Nein, stimmt nicht, ich verstehe es doch: Jahrzehntelanges Training ist das. Aufessen als Liebesbeweis, immer brav schlucken, bis zum bitteren Ende.

*

Margot, 19.42 Uhr

Maxe nennt sie ihn. Nicht so viel von dem Fleisch, Maxe. Nimm lieber mehr von dem Rotkohl. Und bloß nicht zu viel von der Soße! Maxe – also bitte! Herablassend klingt das, völlig respektlos. Dabei ist der Name Max-Moritz so schön, wo es doch mit einem Brüderchen für ihn nicht geklappt hat. Aber gut, ich will ja keinen Streit, es ist nun mal Weihnachten, also halte ich mich zurück. Nur diese schöne polnische Hafermastgans, die muss weg, das ist mir doch wichtig. Tiefgefroren hab ich die gekauft, deshalb ist die schön zart, genauso wie die vom Metzger, wo ich früher gekauft habe, als der Herbert noch lebte. Aber jetzt – diese Preise, das kann ich mir von meiner kleinen Rente nicht leisten. Macht aber nichts, das Rezept ist noch das alte und die haben wirklich ganz ausgezeichnete Ware bei Aldi. Nicht bio, nicht öko, sondern ganz normal. Aber das habe ich den Kindern natürlich nicht verraten, wir wollen ja heute ganz friedlich sein. Ach, der Baum ist so schön und wenn wir so traulich zusammensitzen und essen, ist es doch recht harmonisch mit uns, selbst wenn meine Schwiegertochter an diesen grauslichen Körnerklumpen herumnagt, die sie mitgebracht hat, da gucke ich lieber gar nicht erst hin, sonst wird mir die Laune doch noch verdorben, und zum Nachtisch gibt es dann ja gleich noch Gebäck und den Stollen.

*

Larissa, 19.54 Uhr

Jetzt reden die tatsächlich immer noch über die Gans, und wie gut die doch wieder schmeckt, genauso wie früher! Also Margot redet und der Maxe, der lächelt und nickt und sagt höchstens mal hm oder mhmh. Wenn der mit mir allein ist, ist inzwischen ja alles gut und normal und die 30 Kilo Übergewicht haben wir schließlich auch wegbekommen. Aber sobald wir bei seiner Mutter sind, regrediert der unweigerlich wieder zu dem Muttersöhnchen, das er zu lange war. Sogar dieses hektisch SOS-blinkende Rentier auf dem Nachbarbungalow findet er lustig. Heißt das Regredieren, wenn jemand sich psychisch und vom Verhalten her in ein Kleinkind zurückverwandelt? Also jedenfalls passiert das mit dem Maxe, wenn wir hier zu Besuch sind. Dabei hat er mir geschworen, dass dieses Mal alles anders wird. Und ich hab ihm geglaubt, bin also doch wieder auf diese Alle-haben-sich-wahnsinnig-lieb-und-sind-froh-unter-Baum-Kacke reingefallen. Herzlichen Glückwunsch, Larissa, selber schuld! Weihnachten – irgendein Teufelchen in mir wünscht sich wohl tatsächlich immer noch, dass das wenigstens ein einziges Mal richtig schön ist. Liegt wohl an meiner Kindheit, die war auch nicht ganz ohne, obwohl meine Säufermutter zum Glück früh gestorben ist. Einen Vater hatte ich ja eh nicht, jedenfalls keinen, den ich kannte. War auch besser so.

*

Margot, 20.01 Uhr

Die Larissa hatte es früher ganz schwer, du weißt doch gar nicht, wie sie wirklich ist, Mutti, sagt der Max-Moritz immer. Ihr seht euch ja viel zu selten. Selten, ja, das kann man leider wirklich so sagen. Also Weihnachten natürlich schon. Und zu Ostern und zu meinem Geburtstag. Und zum Muttertag. Aber das ist ja alles ganz selbstverständlich und zählt eigentlich gar nicht, und die zwei Wochen im Sommer sind auch immer viel zu kurz. Kaum hat Max-Moritz den Gartenzaun neu gestrichen und alles gekerchert, ziehen sie wieder los. Dabei ist es so wunderbar ruhig bei uns, das würde meinem Jungen so guttun, das endlich mal wieder so richtig zu genießen. Und bis zu seinem Vater sind es von unserer Haustür zu Fuß nur zwei Minuten. Andererseits: So kurz sind die Besuche ja nun auch wieder nicht, dass ich mir inzwischen nicht doch ein recht deutliches Bild von meiner Schwiegertochter machen konnte. Und was ich da sehe, das stimmt mich sehr traurig.

*

Larissa, 20.07 Uhr

Wie der Maxe jetzt wieder guckt, richtig flehentlich. Wieso legt der nicht einfach Messer und Gabel beiseite? Weil es dann wieder ein Drama gibt, klar. Weil die zart besaitete Margot das nicht aushält, wenn ihr Junge ihr Essen verschmäht. Dabei hangelt die sich selbst von Diät zu Diät, die besteht aus nichts anderem als aus Knochen und Kontrollzwang, sag ich immer. Liebe geht durch den Magen – von wegen. Fettgefressene Männer, die ihr zu Füßen liegen, die sind das Lebensziel meiner Schwiegermutter. Wahrscheinlich, weil die zu apathisch sind, ihr zu widersprechen. Oder um überhaupt irgendetwas zu tun. Ein Wunder eigentlich, dass die überhaupt jemals Sex hatte mit ihrem Zwei-Zentner-Herbert. Aber muss ja wohl irgendwie gegangen sein, sonst wäre mein Maxe nicht da. Wahrscheinlich hat sie mit Viagra nachgeholfen, sie glaubt ja an Pillen, die denkt, damit kann sie alle manipulieren. Ein ganz schwaches Herz hätte der Maxe, behauptet sie. Und zu hohen Blutdruck. Als ich den kennenlernte, hat der tatsächlich andauernd Betablocker und Beruhigungstabletten geschluckt. Aber jetzt nicht mehr, dafür habe ich inzwischen gottlob gesorgt. Still und effizient, ohne mit ihm drüber zu sprechen, um ihn nicht noch unnötig zu belasten. Sorgen hat er ja auch so schon genug.

*

Margot, 20.11 Uhr

Natürlich geht mich das nichts an, was die Kinder so treiben und der Max-Moritz ist ja nun auch schon 52, also alt genug, für sich selbst zu entscheiden. Ich dringe ja auch gar nicht in ihn, ich war immer schon sehr zurückhaltend, das ist meine Natur. Aber musste es wirklich ausgerechnet eine blutjunge Verkäuferin aus einem Ökokombinat sein? 24 Jahre Altersunterschied – in so einer Beziehung geht es doch nicht um Liebe. Mag schon sein, dass ich ein bisschen konservativ bin, aber ich bin nicht blöd, und man liest ja auch immer diese unappetitlichen Geschichten in der Zeitung. Diese emanzipierten Frauen heute, die sind alle eiskalt und berechnend und agieren mit fürchterlichen Tricks, gerade wenn ein Mann so weichherzig ist wie mein Max-Moritz. Aber meine Warnungen lässt er ja nicht gelten. Da wird er sogar richtig wütend und laut. Wie früher, wenn ich gezwungen war, seine Laken zu kontrollieren. Hoffentlich nimmt er wenigstens noch seine Medizin.

*

Larissa, 20.15 Uhr

Ich hab mir das ehrlich viel schöner vorgestellt, damals, als ich in diese Familie eingeheiratet habe. Lässt sich ja auch erstmal ganz schnuckelig an hier: Alles still, alles grün, überall nur diese schnuckeligen kleinen Fußwege zwischen schnuckeligen kleinen Häuschen und Zäunen und Hecken und Gärten. Ich dachte, das ist total klasse, so ein bisschen Spießigkeit und heile Welt im Hintergrund, mit Mutter und Vater und Eigenheim und Garten und der Maxe ist so ein ganz Lieber und Treuer. Ist er ja auch, aber ich hab halt nicht mit dem plötzlichen Herztod von Schwiegerpapa Herbert gerechnet, und vor allem nicht mit seiner Mutter. Leichtsinnig war das von mir, total naiv. Richtig reingefallen bin ich da, bloß weil ich immer dachte, schlimmer als mit meiner könnte es gar nicht werden.

*

Margot, 20.17 Uhr

Hörig ist der Max-Moritz dieser Larissa geworden. Ja, so drastisch muss man das leider sagen. Wie der sie dauernd anschaut, mit so glänzenden Augen. Wie ein Kind vor der Bescherung oder ein Hundchen, das um ein Leckerli bettelt. Aber dass die ihm was Schönes zu bieten hat, daran glaube ich nicht. Nichts als Zwietracht hat sie gesät, seitdem sie in unser Leben kam, aber was sollte man auch erwarten, sie stammt ja wohl aus einer völlig zerrütteten Familie. Zuerst dachte ich noch, gerade deshalb würde sie sich bemühen, sich bei uns einzufügen, weil sie es bei uns doch so gut getroffen hat. Ordentlich und sauber und verlässlich einander zugewandt, so sind wir schließlich immer gewesen. Aber von wegen Dankbarkeit – weit gefehlt. Ständig mäkelt sie an allem herum, vor allem an mir. Der arme Max-Moritz, ich habe mich ja prinzipiell schon für ihn gefreut, dass er eine Frau gefunden hat, ein Mutterherz ist ja groß. Aber musste es wirklich diese Larissa sein?

*

Larissa, 20.20 Uhr

Irgendwas muss ich jetzt wirklich tun, um den Maxe zu erlösen. Die wird ihm sonst gleich noch ein drittes Stück Gans aufnötigen, da bin ich sicher. Aber wenn der noch mehr isst, wird er später im Bett wieder Bauchkrämpfe kriegen und ist zu überhaupt gar nichts mehr zu gebrauchen, dabei sind die Voraussetzungen für einen tröstlichen Ausklang dieses Abends ohnehin schon deprimierend genug. Denn natürlich schlafen wir nachher wieder unter den Indianerpostern und den Regalen mit den Teddybären im Kinderzimmer. Ich in seinem schmalen Jungenbett mit der Feuerwehrbettwäsche, das bei jeder Bewegung ganz schauderhaft quietscht, er auf dem Fußboden, wo seine Mutter widerwillig eine Luftmatratze mit Decken ausgestattet hat. Für mich natürlich, nicht für ihren kostbaren Liebling Max-Moritz, und ganz sicher nicht, um darauf in einer eher nicht jugendfreien Art und Weise zu verkehren. Und weil ja Weihnachten ist, tun wir auch diesmal so, als ob wir uns an diese Schlafordnung halten, und tauschen die Plätze erst, wenn wir allein sind. Und dann dieses ewige Warten auf den Moment, in dem die liebe Margot nicht mehr vor unserer Tür auf- und abschleicht … Albern ist das natürlich, total kindisch, aber Maxe besteht darauf, da lässt der nicht mit sich reden. Was lohnt der Streit, Hauptsache ist doch, dass wir dann endlich allein sind, sagt er, und dass wir uns lieben. Lieben – ha! Letztes Jahr nach dem großen Gänsefressen, als ich dachte, jetzt kommen wir endlich zur Sache, da wurde ihm schlecht und er hing stundenlang über dem Klo und kotzte, und ich musste ihm kalte Kompressen reichen und ihn trösten. Das ist einfach nicht fair, aber ich hab das natürlich trotzdem gemacht, was blieb mir auch übrig. Ach, ich weiß auch nicht, aber manchmal glaub ich schon: Wenn der Maxe mich nicht getroffen hätte, würde der heute vielleicht schon gar nicht mehr leben.

*

Margot, 20.23 Uhr

Da, na bitte. Sie bevormundet ihn! Legt ihre Hand mit den scheußlich abgekauten Nägeln auf die seine, kaum dass er die Gabel auf dem Tellerrand ablegt. Natürlich nicht aus Zärtlichkeit, sondern ausschließlich um ihn daran zu hindern, sich noch ein Stück Gans auf den Teller zu heben. Das Essen ist überhaupt so ein Thema, das mir zeigt, welch verheerenden Einfluss sie auf meinen Max-Moritz ausübt. Bio muss neuerdings alles sein, auch für ihn, sogar seine Kleidung, dabei standen ihm die schönen Hemden, die ich ihm immer kaufte, so gut. Aber nein, das ist vorbei. Hundert Prozent bio und öko und freilaufend und gentechnikfrei und was weiß der

Himmel noch alles muss nun alles sein, und Fleischesser rangieren in den Augen meiner Schwiegertochter ungefähr auf der gleichen moralischen Stufe wie Massenmörder, wenn nicht noch tiefer. Tier-KZs seien die Ställe und Käfige, schreit sie, sobald ich es wage zu widersprechen. Terror ist das. Biofaschismus! Schreit die mir doch letztes Jahr glatt ins Gesicht, ich hätte Max-Moritz' Vater auf dem Gewissen, zu viele Fette und Kohlehydrate und Zucker hätte ich dem verabreicht. Bloß weil dem Max-Moritz ein bisschen unwohl war. Dabei lag das bestimmt nicht an meinem Essen, sondern wenn überhaupt an dem ganzen Stress, den Larissa immer verbreitet. Der ist eben sensibel, das hält der nicht gut aus. Und mein Herbert, der hatte einfach ein schwaches Herz.

※

Larissa, 20.24 Uhr

Wenn dieser Weihnachtsbraten nun wenigstens keine mit Antibiotika vollgepumpte Foltermastgans wäre! Aber von wegen. Ich hab mir gleich gedacht, dass was nicht stimmen kann, wenn die Margot direkt bei der Begrüßung was von bio schwadroniert, also hab ich ein bisschen nachgeforscht. Draußen im gelben Sack hat sie die Verpackung versteckt, nicht im Küchenabfall. Hat wohl ernsthaft geglaubt, da finde ich die nicht. Nur weil der Maxe mich so inständig angefleht hat, habe ich das bislang noch nicht erwähnt. Aber jetzt ist damit Schluss, wenn der Maxe nicht sofort aufhört zu essen, dann war's das mit dem Familienfrieden, das schwöre ich. Weihnachten hin oder her, das ist mir dann egal. Dann kann ich wirklich für nichts mehr garantieren, da können die Kirchglocken draußen von mir aus Sturm bimmeln oder Stille Nacht schlagen, alle drei Strophen, das würde nichts ändern, dann ...

*

Margot, 20.24 Uhr

Das mit dem Übergewicht von dem Herbert war ja schon so ein Thema. Selbst unser Hausarzt hat das gesagt. Aber eine Diät ist doch unwürdig für einen gestandenen Mann. Und wenn es dem Herbert doch nun mal so schmeckte? Es war doch meine Pflicht, für meinen Ehemann zu sorgen, und ich hab das sehr gern getan, und er hat sich niemals beschwert. Und jetzt auf dem Friedhof, da hat er es auch gut. Und ganz in unserer Nähe. Ach, das war schön früher, wenn wir zu dritt um den Tisch saßen, so ganz unter uns, ich und meine Männer. Und wenn dann noch Weihnachten war und der Tannenbaum leuchtete und bei Meiers das Rentier! Auch der Max-Moritz war ja früher ein sehr guter Esser. Und jetzt? Ewig kaut er nun schon auf dem Rotkohl herum, statt noch ein Stück Gans zu nehmen, nur um dieser ordinären Bioladen-Kassiererin zu gefallen. Nicht einmal Abitur hat die, keinerlei Manieren. Das tut mir schon weh.

*

Larissa, 20.25 Uhr

Der Maxe hat mich verstanden, halleluja, hurra! Ich kann das Tranchiermesser wieder auf die Platte legen. Ganz unmerklich hat er mir gerade zugenickt. Das nächste Stück Gans wird er ablehnen, komme, was wolle. Mein Maxe, ach, ich bin stolz auf ihn. Es gibt also doch noch ein Weihnachtswunder. Ich selbst bin ja sowieso schon satt, diese Dinkelbratlinge sind ganz schön mächtig und mit Rotkohl und Klößen schmecken die wirklich gut. Ein bisschen trocken vielleicht, aber Margots Soße ist 100 Prozent Fleischsaft, auf dem weißliche Fettaugen schwimmen, einfach widerlich. Fleischessen soll ja sogar impotent machen und dumm, fast so wie Alkohol, irgendwo habe ich das mal gelesen. Ich weiß nicht mehr wo, aber wenn ich mir meine Schwiegermutter so angucke, dann glaube ich das sofort. Also, dass die dumm ist, meine ich. Zum Glück ist der Maxe ja doch ganz anders, und ein Braten pro Jahr wird sein Hirn nicht gleich lahmlegen. Zumal ihn Margots Beruhigungstabletten jetzt nicht mehr so zunebeln. Richtig aufgeblüht ist der, seitdem er nur noch Smarties schluckt, auch im Bett kommt der jetzt allmählich in Fahrt, ganz ohne Viagra. Gut, in den Smarties ist Zucker, der ist auch nicht gesund, aber bei Weitem das kleinere Übel. Einen Tod muss man halt sterben, heißt es doch immer. Jetzt ist der Wein schon leer, mal sehen, ob die gute Margot uns noch eine Flasche spendiert. Oder einen Schnaps, so zum Verdauen? Zwei Stunden noch, höchstens, bis wir uns zurückziehen können, die überstehen wir nun wohl auch noch. Und morgen fahren wir wieder heim oder spätestens übermorgen, und nächstes Jahr feiern wir allein, das schwöre ich.

*

Margot, 20.26 Uhr

Wie rührend Max-Moritz' Blick jetzt den meinen sucht, der will noch ein Stück Gans, das sehe ich. Ich zwinkere ihm zu. Er ist noch nicht satt, er ist nur zu rücksichtsvoll und sagt das nicht laut, er will einfach niemandes Gefühle verletzen, selbst die seiner missgünstigen Ehefrau nicht. Ach, mein Max-Moritz. Er war halt schon immer ganz besonders sensibel. Andere Mütter wären mit so einem Jungen vielleicht überfordert gewesen, aber ich nicht, wirklich niemals. Ich habe immer gesagt, dass wir das schaffen, und nichts geht schließlich über ein intaktes Familienleben. Und es hat ja geklappt, gut erzogen ist er, immer höflich, auch mit mir hat er niemals ernsthaft gestritten. Aber dafür gab es ja auch keinerlei Anlass. Gegenüber dieser Larissa hingegen, da wünsche ich ihm schon manchmal etwas mehr Mumm. Den Wein hat die mehr oder weniger alleine getrunken. Und wie die ihn jetzt wieder anschmachtet und betatscht und die Brüste vorstreckt ...

So geht das nun wirklich nicht, nicht heute, am Weihnachtag. So viel Autorität habe ich in meinem eigenen Haus ja nun doch noch, dass mein einziger Sohn nicht verhungern muss. Insofern ist es doch ein Glück, dass meine Schwiegertochter nur Körner isst und dass ich mich zurückhalte, weil ich auf meine Linie achte. Also Glück für den Max-Moritz, denn da liegt noch ein ganz prächtiges Stück Gänsebrust, das wird ihm schmecken, da bin ich ganz sicher!

*

Larissa, 20.27 Uhr

»NEIN, MAXE, NEIN!«
Meine Stimme ist schrill, völlig hysterisch, aber was soll ich machen? Der Maxe kann doch nicht einfach weiterfressen, noch eine Gänsebrust nach den zwei riesigen Schlegeln. Das kann doch nicht wahr sein, der muss jetzt was sagen, der hat mir doch gerade noch zugenickt, das hab ich mir nicht eingebildet. Er will das doch gar nicht, der mag gar kein Fleisch. Der muss sich jetzt wehren. Jetzt! SOFORT!

*

Margot, 20.28 Uhr

Er freut sich, na also. Mein guter Junge. Wie er strahlt und die Gabel ins Fleisch spießt. Ich hab's ja gewusst, ein schönes Essen, das ist, was er wirklich braucht, halleluja, und von draußen die Glocken, aber die Larissa, die …

*

Larissa, 20.28 Uhr

Das ist so frustrierend! Der duckt sich tatsächlich nur brav über den Teller und säbelt drauf los. Der frisst sich noch zu Tode, genau wie der Herbert. Aber das lass ich nicht zu, das darf nicht passieren, den wird Margot hier nicht auch noch beerdigen und postum mit ihren Kitschengeln traktieren. Ich brauche ihn doch und er mich noch mehr. Allein schon, um ihn vor seiner Mutter zu beschützen! Dieser Blick von ihr jetzt, so ganz komisch flackernd …

*

Margot, 20.28 Uhr

Die will ihm sein Fleisch wegnehmen, die gönnt ihm das nicht! Aber da bin ich vor, das lass ich nicht zu, nicht an meiner Tafel!

*

Larissa, 20.29 Uhr

Das darf doch nicht wahr sein! Jetzt droht die mir mit der Vorlegegabel! Wo ist das Tranchiermesser? Ich muss mich doch wehren, ich muss mich verteidigen, mich und meinen Maxe, jetzt, sofort, ein für alle Mal! Ich greife nach der Geflügelschere. Sofort schwingt die Margot die Vorlegegabel höher. Die will wirklich handgreiflich werden, und das am Weihnachtstisch, aber das lässt mein Maxe nicht zu, da legt er doch sein Besteck auf die Seite, um ein Machtwort zu sprechen. Mein Maxe, ach!

*

Margot, 20.29 Uhr

Er will noch Soße, sagt er! Na also, ich wusste es, er ist noch nicht satt! Da blieb der Larissa der Mund offen stehen. Da kippt die fast um. Natürlich bekommt er noch Soße, mein Junge, ganz frisch aus der Mikrowelle, dann ist die schön warm und duftet so gut. Dieser Hass in den Augen meiner Schwiegertochter, dieser Fanatismus. Die wollte mich gerade wirklich ... Aber das ist nun vorbei, ein für alle Mal. Mutter und Sohn sind eben doch die natürlichere Einheit, und der Max-Moritz sieht das genauso, mein lieber Junge, mein ...

*

Larissa, 20.29 Uhr

Wieso rennt denn der Maxe auf einmal wie ein Berserker zur Margot in die Küche? Der wird sie doch nicht etwa ..., bloß weil ich immer sage, dass besser seine Mutter hätte sterben sollen, und nicht der Herbert, und dass er sich wirklich von ihr befreien muss ... Das war doch nur so dahingesagt, das hab ich doch gar nicht ernst gemeint, ich bin schließlich Pazifistin und der Maxe auch und außerdem ist doch Heiligabend. Aber irgendwie hat der Maxe mich wohl falsch verstanden, denn die Margot, die kreischt wie am Spieß und ist jetzt auf einmal still, richtig unheimlich ist das, und nun kommt der Maxe wieder ins Wohnzimmer, mit riesigen Schritten, und er lächelt so seltsam und ist ganz voller Blut, und er schreit was von Frieden und in Ruhe essen und er schwingt das Tranchiermesser und – »NEIN, MAXE, NEI...«

ONKEL THORSTEN

Maren Graf

Das Scharren von Füßen kriecht über den Steinboden zwischen den Stühlen. Leute flüstern. Beides zusammen klingt ein bisschen nach kleinen Tierchen, die umher huschen und an den alten Mauern kratzen.

Es riecht seltsam in der kleinen Halle. Nicht nach den Blumenkränzen, die überall verteilt liegen. Sondern irgendwie nach Staub und alten Sachen. Ein bisschen wie bei Oma Hedi, die eine Reihe vor uns sitzt. Vielleicht ist es ja ihr schwarzer, dicker Mantel, der so muffelig riecht?

Ich will mich ein Stückchen vorlehnen und daran riechen, als Mama mir ihre Hand auf den Oberschenkel legt und sanft den Kopf schüttelt.

»Bleib bitte sitzen«, raunt sie und schiebt mich wieder zurück auf meinen Platz.

Auch Mama hat heute eine schwarze Jacke an. Und ein schwarzes Kleid. So wie alle Leute, die nach und nach durch die große weiße Holztür kommen. Es ist fast wie auf einer Karnevalsfete. Von schwarzen Hexen oder Vampiren. Einige haben sogar blutige Augen und sind ganz blass geschminkt. Nur Mama nicht. Sie hat bloß ihren Mund rot angemalt, wie sie es immer tut, wenn sie sich schick macht.

Gerade kommen meine beiden Tanten herein und gehen ganz eng zusammen durch den Gang in der Mitte. Tante Karin trägt einen dunklen Anzug wie von einem Mann und den Arm von Tante Sabine, die bei jedem Schritt auf ihre Füße schaut. Erst als sie vorne ankommen, hebt sich der komische Hut, der auf ihrem Kopf sitzt, und nimmt den Schatten von ihrem Gesicht.

»Morgen gehen wir auf Onkel Thorstens Beerdigung«, hatte Mama gestern Abend zu mir gesagt und sich noch zu mir ans Bett gesetzt. »Damit wir uns von ihm verabschieden können.«

»Wo geht Onkel Thorsten denn hin?«, hatte ich wissen wollen.

Mama hatte die Lippen zusammengekniffen und dann etwas schief gelächelt.

»Zum lieben Gott, mein Schatz«, hatte sie gesagt und mir über die Stirn gestrichen.

»Und was macht er da?«

Sie hatte eine ganze Weile nachgedacht, als wüsste sie es auch nicht so genau, und dann gemeint, er würde beten.

Beten.

Auch ich bete vor dem Schlafengehen immer, und bestimmt würden wir hier in der Kapelle gleich ganz viel beten. Das ist in Kirchen so. Aber dass die Leute beten, wenn sie bei Gott sind, das hatte ich noch nicht gewusst.

»Wofür betet Onkel Thorsten eigentlich, Mama?«, frage ich jetzt neben ihr.

Mama bohrt ihren Blick in die gefalteten Hände in ihrem Schoß, starrt auf die verschränkten Daumen.

»Für Vergebung und Gnade«, höre ich es aus der Reihe vor uns raunen, worauf Mamas Kopf mit einem Ruck nach oben schnellt.

»Mutti!«, zischt sie und reißt ihre gefalteten Hände auseinander, um sie dann in ihren Taschen zu vergraben.

Tante Sabine steht immer noch vorne vor dem Sarg und starrt das dunkle Holz an. Ihre Augen sind zu Schlitzen zusammengekniffen, und auch Tante Karin macht irgendwie ein finsteres Gesicht. Aber es passt zu den ganzen düsteren Gestalten und der seltsamen Stimmung, die sich einem hier an den Körper presst. Gruselig. Angespannt.

Es würde mich nicht wundern, wenn tatsächlich ein Vampir aus dem Sarg gestürzt käme und dann ein großer Kampf ausbrechen würde. Die Vampire würden sich gegenseitig ihre Zähne zeigen, sich anfauchen und sich mit ihren spitzen Fingernägeln ins Fleisch ritzen. Hexen würden ihre Hände emporreißen, schwarze Mäntel durch die Halle toben. Überall Blitze und Chaos.

Die bedrohliche Vorstellung verflüchtigt sich mit einem Mal, als meine beiden Tanten sich abwenden und sich neben Oma in die erste Reihe setzen. Gleichzeitig schieben sich meine beiden Cousinen Lea und Hannah in unsere Reihe. Daneben setzt sich Onkel Robert und streicht der kleinen Lea tätschelnd über den Kopf. Sie ist ja noch viel zu klein, um zu verstehen, dass in dem Sarg da vorne ihr Papa liegt. Bestimmt weiß sie auch gar nicht, was tot eigentlich heißt und dass der Thorsten jetzt beim lieben Gott betet.

Aber meine andere Cousine Hannah ist schon zwei Jahre älter als ich und kennt sich aus. Sie hat mir schon oft was erklärt. Zum Beispiel, dass wenn man einen Herzinfarkt hat, sich das Herz wie eine Faust zusammenzieht und nicht mehr weiterarbeitet. Deshalb kann dann das Blut nicht mehr durch den Körper fließen. Und ohne fließendes Blut stirbt man. So war das auch bei Onkel Thorsten. Herz zusammengepresst. Blut geschockt. Stillstand. Tot.

Das passiert eigentlich nur, wenn man krank ist. Oder alt. Oder beides.

»War Onkel Thorsten krank, Mama?«, frage ich, weil mir gerade auffällt, dass mein Onkel noch gar nicht so furchtbar alt war.

Sie hat immer noch ihre Hände in den Jackentaschen versteckt und starrt jetzt auf Sabines Hut. Ich denke erst, sie hat mich gar nicht gehört, weil sie so vertieft in den Anblick des schwarzen Netzes ist, das sich um den Kopf meiner Tante legt. Aber nach einer ganzen Weile dreht sie sich doch zu mir und sagt: »Ja. Onkel Thorsten war krank.«

Richtig krank muss er gewesen sein. Denn wie Mama das Wort ausspricht, klingt es nicht nach einem Schnupfen oder einer Grippe. Eher etwas Schlimmeres. Sonst hätte Mama ihn bestimmt auch geheilt. Immerhin ist sie Ärztin. So wie Tante Sabine.

»Wieso hat Sabine ihren Thorsten eigentlich nicht gesund gemacht?«, frage ich jetzt meine Cousine Hannah, die auf der anderen Seite neben mir sitzt und in einem Heftchen blättert. Sie guckt mich erstaunt und ein bisschen so an, als wäre ich zu dumm.

»Na, weil es gegen Herzinfarkt keine Medizin gibt. Das passiert einfach so.«

»Einfach so?«

»Ja.«

»Bei mir auch?« Mir wird ganz heiß.

»Nein, du bist noch zu klein«, raunt Hannah. »Nur wenn du alt oder krank bist oder böse.«

»Böse?«

»Scht!«, Mama legt ihren Finger auf die Lippen und sieht mich mahnend an. Ich verstumme. Aber meine Gedanken rennen wie wild in einem Kreis von einem Ohr zum anderen. Und mit jeder Runde, die sie laufen, kommen noch neue Bilder hinzu, stolpern über die anderen. Bis eine ganze Horde von Gedankentieren in mir herum tobt und mich ganz schwindelig macht. Weil wenn man einen Herzinfarkt nur bekommt, wenn man böse, alt oder krank ist und Onkel Thorsten krank war, obwohl er nicht alt war und auch nicht böse, und wenn es keine Medizin gibt und das einfach so und ganz plötzlich passiert, dann …

Ich will gar nicht weiterdenken und schüttele den Kopf, damit die Bilder herausfallen.

»Was ist?«, will Hannah wissen.

»Nichts«, flüstere ich zurück und drücke mich in meinen Stuhl. Vielleicht hat Onkel Thorsten ja doch etwas ausgefressen. Vielleicht schauen meine Tanten deshalb so grimmig. Genauso nämlich, als würden sie noch mal mit ihm schimpfen wollen.

In diesem Moment schleicht eine Frau in einem langen schwarzen Gewand den Gang entlang, direkt auf den Sarg zu. Sie bewegt sich so langsam, dass man sie am liebsten ein bisschen anschieben möchte. Bis sie endlich vorne ankommt und sich hinter einen hohen Tisch stellt. Sie begrüßt uns, sagt, dass wir Abschied nehmen wollen von einem geliebten und fürsorglichen Familienvater.

Oma vor mir schnaubt ohne Taschentuch.

»Fürsorglich«, wiederholt sie und schnaubt noch einmal. Mama wirft ihr einen dieser Blicke an den Hinterkopf, die sonst nur mich treffen, wenn ich mich nicht benehme. Es gefällt ihr gar nicht, dass Oma nicht ruhig sein kann. Also halte ich auch lieber meinen Mund. Obwohl ich gerne noch etwas fragen würde. Denn eine Sache geht mir nicht aus dem Kopf.

»Thorsten Blank war ein liebender Vater. Ein ehrlicher Freund. Ein guter Ehemann«, erzählt die Frau vorne mit leiernder Stimme. »Wir wollen ihn als solchen in Erinnerung behalten.«

Ich denke daran, wie ich mich an Onkel Thorsten erinnere. Ich habe ihn letzte Woche gesehen, als er noch topfit war. Wir sind zu Besuch gewesen und haben Kuchen gegessen. Nach dem Kaffeeessen hat er mir eigentlich immer etwas vorgelesen. Jedes Mal, wenn wir bei ihm waren. Dann durfte ich immer mit ihm nach oben in die Bibliothek gehen und mir eines der vielen Kinderbücher aussuchen, die er hatte und für die Lea noch zu klein war, und dann haben wir uns zusammen auf den roten Sessel gekuschelt und gelesen.

Onkel Thorsten war der beste Vorleser, den ich kenne. Wirklich. Keiner konnte so toll die Stimme verstellen und das Gesicht verziehen. Passend zu jeder Figur. Und bei keinem konnte man so lange auf dem Schoß kuscheln. Meistens hatten die Erwachsenen nach einer Weile ja keine Lust mehr. Aber Onkel Thorsten hatte viel mehr Geduld.

Nur letzte Woche konnten wir nicht lesen. Da wollten wir beide gerade nach oben gehen, als Mama angestürmt kam und rief, dass wir schnell nach Hause müssten. Weil Papa wohl keinen Schlüssel hatte oder so. Aber ich bin mir ziemlich sicher, dass sie gelogen hat. Papa war nämlich noch gar nicht da, als wir bei uns ankamen, und außerdem hatte sie mit Tante Sabine zum Abschied so getuschelt. Und ihr ganz geheimnisvoll eine kleine Dose gegeben, in der Tabletten für Leas Meerschweinchen drin waren.

Ich schaue hinüber zu meiner kleinen Cousine, die wie eingefroren nach vorne guckt, und bin kurz ein bisschen neidisch, weil der Thorsten ihr bestimmt jeden Abend so toll vorgelesen hat. Er war ja auch ihr Papa. Bestimmt haben sie noch viel mehr gekuschelt. Denn sie hatte er ja am meisten lieb. Aber dann fällt mir ein, dass er ja jetzt tot ist und nie wieder für sie lesen wird, und das tut mir dann doch leid. Sie wird sein Vorlesen und das Schmusen bestimmt noch viel mehr vermissen als ich. Obwohl. Sein Streicheln war manchmal auch etwas doof gewesen. Man konnte gar nicht richtig zuhören, wenn er einem immer über die Beine gestrichen hat. Das hat Lea bestimmt auch genervt. Und Hannah bestimmt auch.

Ich will sie gerade danach fragen, als mit einem Mal alle Leute aufstehen und ein lautes Scharren durch die Kapelle huscht. Alle falten brav ihre Hände und schauen auf die Steinplatten auf dem Boden. Kurz danach wird ein schiefes Lied gesungen, die Frau in dem langen Gewand erzählt noch ein bisschen etwas über Onkel Thorsten, ein anderer Mann will auch noch etwas sagen und nach einem zweiten Lied stehen wieder alle auf und schlurfen in einem großen Haufen nach draußen.

Mama nimmt mich an die Hand, während wir gemeinsam mit all den schwarzen Leuten über die dunklen Pflastersteine und um die kleine Kapelle herum gehen, die von außen noch viel mehr nach einem Hexenhaus aussieht. Wie es sich unter seinem schiefen Dach duckt und aus dem kleinen, runden Fenster guckt.

Der Wind säuselt durch die riesigen Bäume über uns und lässt ihre knorrigen dunklen Äste knarren. Das Rascheln und Knarzen legt sich über unsere Schritte und das Schweigen, und endlich kann ich meine Frage stellen, die mir immer noch im Kopf hockt.

»Mama? Onkel Thorsten war ja gar nicht alt und auch ganz lieb und ist trotzdem auf einmal krank geworden und gestorben. Kann das jedem passieren?«

Meine Mama sieht zu mir herunter und lächelt ernst.

»Ja. Aber das passiert wirklich nur ganz ganz selten«, versucht sie mich zu beruhigen.

»Auch dir? Kannst du auch plötzlich krank werden?« Mama bleibt stehen und geht vor mir in die Hocke. Sie fasst mich an beiden Händen und sieht mir direkt ins Gesicht, während die anderen Menschen weiter an uns vorbeigehen.

»Nein, mein Schatz. Ich bin ganz gesund. Da brauchst du dir keine Sorgen zu machen.«

»Und ich?«, frage ich schnell. »Kann ich denn krank werden und sterben? Weil manchmal bin ich nicht so brav. Manchmal ...«

»Hey«, flüstert sie und drückt nun meine Finger ganz fest, »du bist ein ganz liebes Mädchen, hörst du?« Sie streicht mir über die Wange und gibt mir einen Kuss auf die Stirn.

»Es ist alles in Ordnung. Du wirst nicht krank.«

Ich nicke.

»Und wenn du mal einen kleinen Schnupfen hast, dann hast du ja eine Ärztin als Mama«, sagt sie und lacht und stupst mir auf die Nase. So wie sie es immer macht, wenn alles gut ist.

»Stimmt.« Ich habe sogar noch eine Tante, die auch im Krankenhaus arbeitet.

»Du hast ja sogar die richtigen Tabletten für Leas Meerschweinchen«, lache ich und zwinkere, als gerade meine kleine Cousine an der Hand von Tante Sabine vorbeitrottet.

»Für meine Meerschweinchen?«, fragt sie verwundert und bleibt stehen.

»Ja, die in der kleinen Dose, die Mama letzte Woche mitgebracht hat.«

Lea schüttelt den Kopf und zieht die Augenbrauen zusammen.

»So ein Quatsch! Die waren doch für Papa.«

»Ach so.« Ich gucke zu Mama und die schaut zu meiner Tante. Sie tauschen einen von diesen Erwachsenen-Blicken aus, der von einer zur anderen flitzt.

»Kommt, wir müssen jetzt weiter«, sagt Sabine ganz eilig und greift nach meiner Hand, die immer noch in der von meiner Mama steckt. Schon wieder fühle ich mich ein bisschen dumm. Hatte ich das falsch verstanden? Vielleicht war Onkel Thorsten an dem Tag doch schon krank gewesen und Mama und Tante Sabine hatten noch versucht, ihn gesund zu machen. Nur hatte es nicht geklappt. Oder vielleicht hatte der Thorsten aus Versehen die Tabletten von den Meerschweinchen genommen?

Mir fährt ein kribbeliger Schreck durch den Bauch. Ich würde Mama unbedingt nachher danach fragen. Oder Tante Sabine.

EX UND HOPP

Horst Eckert

Susanne Berg wusste nicht recht, was ihr an der Leiche nicht gefiel, die auf der gepflasterten Zufahrt lag. Zu wenig Blut, die Augen geschlossen – vielleicht war es das.

Es war ungemütlich kalt in der Südstadt, um das Hochhaus fegte der Wind. Die Nachrichten hatten vor einem Schneesturm gewarnt, der im Lauf der Nacht auch Ostwestfalen erreichen würde. Susannes Hals kratzte.

Kollege Kranewitter hob die Videokamera, um den Fundort zu dokumentieren. Susanne ging der gestrige Abend durch den Kopf. Bei der Weihnachtsfeier der Kreispolizeibehörde war es hoch hergegangen. Dunkel erinnerte sie sich, dass sie mit dem Blondschopf geknutscht hatte. Die Chefin des KK11 und ihr Mitarbeiter – Susanne konnte nur hoffen, dass Kranewitter sich nicht etwas einbildete. Sie musste niesen und stopfte sich die Enden des Wollschals fester in den Kragen ihrer Regenjacke.

Der Rechtsmediziner ächzte, als er sich neben dem Toten niederkniete, der sieben Stockwerke unterhalb eines geöffneten Fensters im Licht der Scheinwerfer lag. Erste Schneeflocken taumelten aus dem abendlichen Himmel und schmolzen bei der Berührung mit dem Toten, der nichts als einen Bademantel aus dünner, schwarzer Seide trug und noch warm war.

Fast als hätte man ihn so hindrapiert, dachte Susanne. Eine seltsam gekrümmte Haltung für einen, der unbeobachtet in den Tod gesprungen war: die Knie leicht angezogen, die Arme parallel zum Körper, der Kopf mit den grauen Stoppelhaaren in den Nacken gebeugt.

Der Rechtsmediziner nickte den Bestattern zu und streifte die Latexhandschuhe ab. Zu Susanne sagte er: »Keine Anzeichen von Fremdeinwirkung.«

Missmutig schleuderte der Weißkittel die Handschuhe in seinen Koffer. Die Jelinek-Premiere in den Westfälischen Kammerspielen drohte ohne ihn zu beginnen – oder was auch immer der Arzt an diesem Abend noch vorhatte.

Die Bestatter legten die Bahre neben dem Toten ab und öffneten den Reißverschluss des Leichensacks. Das Geräusch erinnerte Susanne an die Campingurlaube ihrer Jugendzeit.

»Wann ist es Ihrer Meinung nach passiert?«, fragte sie.
»Vor zwei Stunden, plus minus 15 Minuten.«
»Sicher?«
»Wir haben die Temperaturwerte des Körpers und seiner Umgebung und können das ziemlich genau berechnen. Müssten Sie bei der Kripo doch auch gelernt haben.«

Arroganter Arsch, dachte Susanne. Sie deutete in Richtung Leiche – die Bestatter mussten die Beine gerade drücken, um sie in den Sack zu bekommen.

»Aber nach zwei Stunden beginnt erst die Leichenstarre, und zwar ganz allmählich. Hier ist sie schon ausgeprägt.«

»Ein Fall von kataleptischer Erstarrung.« Der Arzt knüllte seinen Overall zusammen und stopfte ihn in den Koffer. »Kommt vor«, brummte er und eilte zu seinem Porsche, den er halb auf dem Gehsteig vor der Einfahrt abgestellt hatte.

Thorsten Kranewitter trat neben Susanne. Er riecht anders als gestern, dachte sie. Rasierwasser, nicht Glühwein.

»Die Spurensicherung ist fertig mit der Wohnung«, sagte er, den Blick auf den Toten gerichtet. »Keine Fingerabdrücke. Nicht am Griff, nicht am Fensterbrett und auch nicht am Rahmen.«

»Keine verwertbaren?«

»Nein, gar keine. Alles offenbar sauber abgewischt.«

Susanne wandte sich um. Der Rechtsmediziner ließ gerade den Kofferraumdeckel zuknallen.

»Doktor …!«, rief sie ihm zu. Sie hatte seinen Namen vergessen.

»Is' was?«

»Sieht aus, als bräuchten wir doch 'ne Obduktion.«

Der Arzt musterte sie missmutig. »Morgen früh geht es nicht.«

Sie antwortete: »Dann jetzt gleich.«

Die Bullen waren höflich zu ihr, fand Claudia Lerch. Die Ermittlungen leitete eine Frau um die 40, die ihre Figur unter einem rustikalen Wollpulli verbarg. Die Chefin der Mordkommission war bereits die Zweite, die Claudia in einem schäbig möblierten und schlecht geheizten Dienstzimmer an der Riemekestraße vernahm. Windböen ließen die Rollos vor den Fenstern klappern, Claudia bemerkte ihr Spiegelbild in der Scheibe und verschränkte die Arme.

»Soso, das ›Balthasar‹«, sagte die Kommissarin, die sich als Susanne Berg vorgestellt hatte. »Was gab's denn Gutes zu essen, Frau Lerch?«

Die Spulen des kleinen Aufnahmegeräts drehten sich mit leisem Knirschen.

»Fünf Gänge. Soll ich sie alle aufzählen?«, fragte Claudia zurück.

Kopfschmerzen quälten sie. Ihre Migräne, die sie im Winter öfters plagte als sonst. Ohne auf die Uhr zu sehen, schätzte Claudia, dass Mitternacht schon vorüber war. Sie sehnte sich nach ihren Tabletten, die in ihrem Büro lagen. Excedrin, das einzige Mittel, das zuverlässig gegen ihre Anfälle half.

»Hab ich außerdem schon alles bereits Ihren Kollegen erzählt.«

»Und wer saß mit Ihnen am Tisch?«

Die Bullen nervten. Sie lassen mich schmoren, dachte Claudia. Spekulieren darauf, dass ich mich in Widersprüche verwickle. Claudia kannte diese Spielchen aus zahllosen Fernsehkrimis und sie wunderte sich nicht – wer sonst hatte ein solches Mordmotiv wie sie?

Sie schilderte der Ermittlerin die letzten Stunden in allen Details. Conradi hatte zum 50-jährigen Jubiläum von ›Paderbräu‹ einen exklusiven Kreis wichtiger Geschäftspartner eingeladen. Als Grafikerin, die nicht nur sämtliche Etiketten gestaltete, sondern auch den Werbeauftritt der neuen Craft-Linie, hatte Claudia neben Conradi gesessen, der sie unverhohlen umwarb, seit sie sich von Markus getrennt hatte. Abgesehen von Conradi war es nett gewesen.

Die Tafel im feinen Restaurant war prominent besetzt gewesen. Zwei Dutzend erstklassiger Zeugen würden bestätigen, dass Claudia zur fraglichen Zeit für keinen Moment den Tisch verlassen hatte. Vor allem der Geschäftsführer der Wirtschaftsförderung auf der anderen Seite der Tafel würde sich an sie erinnern – ihr Dekolleté war der Hingucker des Abends gewesen.

»Danach bin ich zu meinem Ex gefahren und habe entdeckt, dass er aus dem Fenster gesprungen ist.«

Die Polizistin nieste in ihr Taschentuch, dann fragte sie: »Was wollten Sie bei ihm?«

»Ich habe noch ein paar Sachen dort«, erklärte Claudia – immerhin war es bis vor sechs Wochen auch ihre Wohnung gewesen.

»Stimmt es, dass Sie auch am Nachmittag bei Ihrem Mann waren?« Der lauernde Blick der Kommissarin erinnerte Claudia an die Leiterin ihrer Schule, die früher jedes Mal so geguckt hatte, wenn Claudia etwas ausgefressen hatte.

»Wir hatten wegen der Scheidung etwas zu besprechen. Aber auch das habe ich Ihren Kollegen schon gesagt.«

Die Schnüffler hatten die Nachbarn im Haus befragt und waren auf die alte Schmidt gestoßen, die in der Wohnung gegenüber bei jedem Geräusch am Spion lauerte.

»Und dabei hat es Streit gegeben.«

Diese Schmidt sollte man auch aus dem Fenster stoßen, dachte Claudia. Eines Tages würde das Ohr der greisen Hexe noch an der Wand festwachsen.

»Glauben Sie nicht alles, was Frau Schmidt behauptet. Die Dame übertreibt.«

»Sie behauptet, Sie hätten schon öfters gedroht, ihn umzubringen.«

»*Er* hat *mir* gedroht. Und wenn er mal nicht davon sprach, mich umzubringen, dann faselte er etwas von Suizid. Zuletzt waren das seine Lieblingsthemen gewesen. Markus war krank und unberechenbar. Erwarten Sie bitte nicht, Frau Berg, dass ich die trauernde Hinterbliebene spiele. Ehrlich gesagt, ich bin froh, dass er gesprungen ist. Auch wenn ich nicht vermutet hätte, dass er etwas von dem Unsinn wahrmachen würde, den er so gern von sich gab.«

»Es gibt Zweifel daran, dass Ihr Mann sich selbst getötet hat.«

»Markus hat mir damit gedroht, dass er es wie Mord aussehen lassen wollte.«

Es klopfte an der Bürotür. Ein jüngerer Beamter steckte seinen blonden Schopf ins Zimmer und winkte. Die Mordermittlerin reagierte nicht weiter.

Claudia sagte: »Markus hat die Fingerabdrücke abgewischt, bevor er sprang, stimmt's? Sie wären nicht die

Erste, die auf ihn reinfallen würde. Er machte nichts ohne Berechnung. Markus war schlau und bösartig bis in seinen Tod. Zum Glück saß ich im ›Balthasar‹, als er es tat.«

Die Kommissarin nickte, dann erhob sie sich und folgte dem blonden Polizisten nach draußen.

Susanne schnäuzte sich in ihr Tempo, dann fuhr sie Thorsten Kranewitter an: »Können die von der Haustechnik das Gebäude nicht anständig heizen?«

Der junge Kollege war nicht allein. Am Ende des Gangs traktierte Schranz den Kaffeeautomaten mit Boxhieben. Schranz war gut darin. Er war Stammgast in einer Muckibude.

Kranewitter erwiderte: »Du hättest erst mal die Obduktionshalle erleben sollen.«

»Dort *muss* es kühl sein. Hier nicht. Was gibt's Neues?«

Der Blondschopf machte zum Glück nicht den Eindruck, als leite er aus dem Gefummel auf der gestrigen Büroparty eine Sonderstellung ab. Susanne war zu betrunken gewesen, um noch zu wissen, wie weit sie gegangen war, als sie den Aufzug angehalten hatte. Hoffentlich hatte es auch Kranewitter vergessen.

»Nichts«, antwortete er. »Der Doc bleibt dabei: Todeszeitpunkt etwa 20 Uhr.«

Schranz stieß einen Schrei aus und trat gegen den Automaten. Das Scheppern des Blechs hallte im Flur nach, dann floss tatsächlich Kaffee in den Becher. Schranz reckte die Faust, sein Siegerblick suchte nach Zuschauern.

Susanne gesellte sich zu ihm. »Und was sagt die Spurensicherung?«

Schranz rührte mit einem Plastikstäbchen, obwohl er weder Milch noch Zucker in den Becher gegeben hatte. »Die Kriminaltechnik hat Spuren von Kaliumzyanid in der Wohnung des Opfers gefunden. In der Küche, um genauer zu sein. In einem Mörser aus grünem Marmor. Du weißt schon. So ein Ding, das man Leuten, die schon alles haben, zu Weihnachten schenkt.«

»Nach Bittermandel hat der Tote aber nicht gerochen«, antwortete Susanne.

»Auch nicht bei der Leichenöffnung«, pflichtete Kranewitter ihr bei.

»Man riecht es nicht immer, behaupten die Leute vom Labor.«

»Heißt das, seine Frau hat ihn vergiftet *und* aus dem Fenster gestoßen?«

»Vielleicht wollte sie auf Nummer sicher gehen.«

»Der Typ muss ein Kotzbrocken gewesen sein.« Susanne nahm dem Kollegen den Becher aus der Hand. Die Brühe war dünn, aber sie wärmte.

»Hey, gib her!«

Susanne wich Schranz aus. »Habt ihr sein Aquarium gesehen?«

»Das ist *mein* Kaffee!«

Sie nahm einen weiteren Schluck. Dann sagte sie: »Ich frag mich, wer sich jetzt um all die Fische kümmert.«

Kranewitter antwortete: »Automatenfütterung. Alles vom Feinsten.«

»Fest steht, dass wir der Frau nichts beweisen können. Danke, mein Lieber.« Susanne gab Schranz den halb leeren Becher zurück und ging zu ihrem Büro.

Kranewitter fragte: »Du wirst sie doch nicht laufen lassen?«

Paderborn lag still und starr, der Sturm hatte sich gelegt, eine geschlossene Schneedecke ließ die Straßen leuchten. Vielleicht würde schon morgen die Pracht zu grauem Matsch zusammenschmelzen, dachte Claudia, als sie das Stadtzentrum hinter sich ließ. Wie die Liebe, die von gleicher Vergänglichkeit war. Sogar seinen blöden Buntbarschen war Markus mit mehr Aufmerksamkeit begegnet als ihr.

Vielleicht lag es am Schnee, dass Claudia plötzlich an ihre Kindheit denken musste. An ihre Mutter, die sie allein großgezogen und ihr alles beigebracht hatte, was im Leben wichtig war. Schon damals hatte sich Claudia vorgenommen, sich niemals von einem Mann wehtun zu lassen.

Und doch hatte Markus es geschafft. Das Schwein hatte sich nicht einmal Mühe gegeben, die Briefe seiner Tussi zu verstecken. Zart grünes Papier mit aufgedruckten Röschen. Eine Schnörkelschrift wie die eines Schulmädchens. Doch der Inhalt war frei von jeder Unschuld.

Als Markus beteuerte, dass die Affäre mit dieser aufgetakelten Tante aus der Boutique am Rathausplatz längst beendet sei, war für Claudia das Fass übergelaufen. Das war es, was sie an ihrem Mann am meisten gehasst hatte: Einfalt gepaart mit Arroganz.

Claudia erreichte das Gewerbegebiet Dören und parkte auf ihrem Stellplatz, den ein Schild mit dem Namen ihrer Firma reserviert hielt. Sie kramte den Schlüssel aus der Handtasche und freute sich auf ihr ganz privates Fest. Die Bullen hatten sie auf freien Fuß gesetzt. Damit hatte sie gewonnen – der Champagner stand kalt, kein Pils von Paderbräu.

Ihr ›Lerchs Designschmiede‹, ihm die große Südstadt-Wohnung, so hatte sie sich mit Markus zunächst verständigt. Doch in den letzten Tagen hatte der Kerl draufgesattelt. Ihre Firma habe während der Ehe eine beträchtliche Wertsteigerung erfahren.

Als hätte Markus dazu beigetragen.

Raffgier gepaart mit Kaltschnäuzigkeit: Wenn sie nicht flüssig sei, solle sie die Klitsche eben verkaufen. Der Nichtsnutz hatte tatsächlich *Klitsche* gesagt.

Der Bewegungsmelder klickte, die Beleuchtung im Treppenhaus sprang an. Claudia tippte den Nummerncode in das Kästchen neben dem Eingang im ersten Stock. Mit dem Summton drückte sie die Glastür auf. Sie hatte bereits überlegt, die Ziffernkombination zu ändern, um wenigstens hier ihre Ruhe vor Markus zu haben.

Das war jetzt nicht mehr nötig.

Den blinkenden Anrufbeantworter ignorierte Claudia. Sie erkannte, dass ihr Terminplaner aufgeschlagen war. Eine Schublade war nicht ganz geschlossen.

Markus war hier gewesen. Wahrscheinlich, als sie am Vormittag mit Conradi die Gestaltung des Messestandes besprochen hatte.

Du Schwein hast hier zum letzten Mal geschnüffelt, dachte Claudia.

In der Schublade fand sie die Kapseln gegen ihre Kopfschmerzen. Jemanden zu ermorden war einfacher, als diese Migräne abzustellen. Und sie hatte es perfekt angestellt. Wie alles, was sie anpackte.

Darauf wollte sie anstoßen.

Auf dem Busdorfwall war ein Taxi in einen Kleinwagen geschlittert – keine gute Art, den dritten Advent zu beginnen. Susanne fiel ein, dass heute Abend bereits die nächste Weihnachtsfeier bevorstand. Mit ihrer Handballgruppe wollte sie nach dem Spiel zum Griechen gehen. Ausschließlich Mädels – Ausrutscher wie mit Blondschopf Kranewitter waren ausgeschlossen.

Um 20 nach zwei war Susanne endlich zu Hause. In ihren Gliedern spürte sie ein fiebriges Kribbeln. Noch bevor sie Regenjacke und Pullover auszog, drehte Susanne den Heißwasserhahn der Badewanne auf. In der Küche gabelte sie ein paar Gnocchi aus der Tomatensauce, die erkaltet auf dem Herd stand – ihr Abendessen, zu dem sie wegen des toten Markus Lerch nicht gekommen war.

Die Witwe ging ihr nicht aus dem Sinn.

Susanne zog sich rasch aus und stieg in die dampfende Wanne.

Kataleptische Erstarrung – die Diagnose des Rechtsmediziners hielt Susanne für Unsinn. Noch nie hatte sie einen taufrischen Toten gesehen, der so steif war, als hätte er schon vor sechs Stunden den Löffel abgegeben.

Und sie hatte Hunderte von Leichen gesehen. Garantiert mehr als dieser Porschefahrer.

Das Telefon schrillte. Susanne wartete darauf, dass sich der Anrufbeantworter einschaltete, dann wurde ihr klar, dass sie das Gerät nicht aktiviert hatte. Sie sprang aus der Wanne und hinterließ eine nasse Spur bis in den Flur. Bevor sie den Hörer packen konnte, brach das Klingeln ab. Zitternd beeilte sich Susanne, ins Wasser zurückzukehren.

Jetzt begann ihr Handy zu dudeln. Sie beugte sich über den Wannenrand und wühlte im Klamottenhaufen, der auf dem Hocker lag. Diesmal schaffte sie es.

Kranewitter war dran.

»Was gibt's?«, fragte Susanne und dachte, dass sie vielleicht eine Spur zu ruppig klang.

»Das Zyankali hat mir keine Ruhe gelassen, Chefin.«

»Du sollst nicht *Chefin* zu mir sagen.«

»Ich hab noch mal mit dem Labor telefoniert und gedacht, es würde dich interessieren. Liegst du in der Wanne?«

»Wie kommst du darauf?«

»Ich hör's plätschern. Außerdem hast du mir auf der Weihnachtsfeier gebeichtet, dass du nach jedem Leichenfund das Bedürfnis nach einem heißen Bad hast. Erinnerst du dich nicht?«

»Ich will keine Grippe kriegen, das ist alles. Schieß los, was sagen die Laborratten?«

»Dass das Cyanid von einem Algenvernichtungsmittel stammt. Ein Pulver, das Lerch für sein Aquarium benutzt hat. Und dass die Leiche frei von Spuren war. Gift hat seine Frau also nicht verwendet. Falls sie es war.«

Susanne bedankte sich und warf das Handy zurück auf die Wäsche. Wieder eine Spur, die in einer Sackgasse endete.

Sie ließ heißes Wasser nachlaufen und rutschte nach vorn, um mit den Schultern einzutauchen. Nun ragten ihre Knie aus den wärmenden Wellen – es war nicht so einfach, eine komplette Person in die Wanne zu packen.

Plötzlich erkannte Susanne, dass sie die gleiche Haltung eingenommen hatte, in der Markus Lerch auf die Erde geknallt war. Diese Stellung hatte sie von Beginn an irritiert.

Susanne rekapitulierte, was sie in diversen Lehrgängen über die wichtigsten Kriterien zur Todeszeitbestimmung gelernt hatte: Abkühlung und Rigor mortis.

Sie stieg aus dem Wasser, rubbelte sich trocken und wusste, wie sie die losen Enden verknüpfen konnte.

Kataleptische Erstarrung – von wegen!

Claudia öffnete den Bürokühlschrank. Der Schampus war jetzt genau das Richtige, um ihre Excedrin-Kapseln hinunterzuspülen. Die Migräne würde ihr nicht die Freude an ihrem Triumph nehmen.

Ihre Firma würde ihr erhalten bleiben. Markus würde nie wieder in die Geschäfte pfuschen. Und die Wohnung mit dem Wahnsinns-Blick über die Stadt gehörte ihr obendrein.

Claudia ließ das Sprudelgetränk ins Glas schäumen. Sie trat ans Fenster und prostete ihrem Spiegelbild zu.

Nicht zum ersten Mal empfand sie die Einfalt der anderen als einen Grund zu triumphieren. Die Bullen ahnten, dass sie es getan hatte, aber sie kamen nicht auf das *Wie*. Dabei war es nur eine Frage der Körperpflege gewesen, um zu verhindern, dass Markus in der Wanne eine Waschhaut bekam, während sie an der Feier im ›Balthasar‹ teilnahm und Conradis Flirtversuche über sich ergehen ließ.

Sie nahm zur Sicherheit gleich drei Kapseln und trank einen kräftigen Schluck hinterher. Auf das neue Leben!

In diesem Moment schellte es an der Haustür.

Claudia ignorierte die Klingel. Sie griff nach ihrem Ideengeber und prostete ihm zu, einem rechtsmedizinischen Lehrbuch – das Wissen über die Bestimmung von Todeszeiten konnte man in jedem Buchladen kaufen.

Halt den Mistkerl warm und sie glauben, er sei hops gegangen, während du vor Zeugen halbrohes Kalbsfleisch gegessen hast.

Das Klingeln hörte nicht auf.

Claudia wurde flau in der Magengegend. Sie sagte sich, dass es keinen Grund gab, nervös zu werden, und lief zur Gegensprechanlage.

»Wer ist da?«

Zuerst lärmte nur ein vorbeifahrendes Auto aus dem kleinen Lautsprecher, vielleicht ein Streufahrzeug. Dann tönte eine Frauenstimme, die ihr bekannt vorkam: »Ich hab Licht gesehen und dachte, wir könnten uns noch mal unterhalten.«

Hauptkommissarin Berg. Die Polizistin in dem ausgeleierten Pullover.

Claudia leerte ihr Glas, stützte sich an der Wand ab und neigte sich dicht an das Kästchen. »So ganz *zufällig* spazieren Sie hier um diese Uhrzeit vorbei?«

»Richtig, Frau Lerch. Mir schwirrt etwas durch den Kopf, das mich nicht schlafen lässt. Und Sie finden sicher auch keine Ruhe, stimmt's?«

Claudia versuchte, das Rumoren in ihrem Magen zu ignorieren. Selbst wenn die Ermittlerin auf die Idee mit der Wanne gekommen war, hatte sie keine Beweise.

»Und ich dachte, Beamte hielten sich an ihre Bürozeiten.«

»Wir können das natürlich auch morgen im Präsidium besprechen.«

»Wenn Sie schon mal hier sind ...« Claudia betätigte den Türöffner. »Erster Stock.«

Sie würde der Polizistin Champagner anbieten. Neugier trieb sie an und eine Art sportlicher Herausforderung.

Claudia war sich sicher, keinen Fehler begangen zu haben. Sie hatte Markus mit der flachen Seite einer Bratpfanne erschlagen – die Verletzung sah aus wie eine Aufprallwunde. Sie hatte das Bad gründlich geputzt und sogar daran gedacht, Wanne und Leiche trockenzureiben. Die alte Schmidt hatte nicht bemerkt, wann Claudia zurückgekehrt war, denn zu dieser Stunde glotzte sie die Casting-Show auf RTL in einer Lautstärke, die durch alle Wände drang.

Schritte näherten sich im Treppenhaus. Claudia hielt sich den Magen. Das Schoko-Dessert, vermutete sie. Warum hatte sie sich von Conradi so viel davon aufdrängen lassen?

Claudia erschrak, als ihr Blick auf das medizinische Lehrbuch fiel. Keine Zeit, es durch den Aktenvernichter zu jagen. Sie stellte es in den Kühlschrank.

Ein Pochen an der Glastür, die unverschlossen war. Claudia nahm ein zweites Glas aus dem Regal. Sie zitterte, als sie eingoss. Ihr war, als bekäme sie zu wenig Luft.

Die Kommissarin betrat den Raum. Claudia zwang sich zu lächeln. Es gab keinen Grund, warum sie das Duell nicht bestehen sollte. Sie würde es meistern wie alles andere.

Mit dem Sektglas deutete Claudia eine einladende Geste an. Es entglitt ihr und klirrte zu Boden. Mist, dachte Claudia.

Susanne registrierte, wie das Lächeln der Witwe einem Ausdruck von Panik wich. Die Frau machte einen Ausfallschritt, als stemmte sie sich gegen einen schwankenden Schiffsboden. Der Alkohol, dachte Susanne zuerst.

Claudia Lerch stieß gegen den Schreibtisch und suchte Halt. Ihre unkontrollierte Bewegung fegte einen Arzneikarton vom Schreibtisch. Kapseln kullerten über das Parkett.

Die Zeugin brach zusammen, dann herrschte Stille im Büro.

Susanne kniete sich hin und tastete nach der Halsschlagader.

Kein Puls zu spüren.

Der Mund war halb geöffnet. Susanne nahm einen leichten Geruch wahr. Als habe die Frau Amaretto getrunken und nicht Sekt.

Bittermandel.

Susanne kramte ihr Handy hervor und alarmierte den Notarzt. Dann studierte sie die Medikamentenschachtel. Excedrin, ein Schmerzmittel. Die meisten Kapseln lagen über den Fußboden verteilt, ein Teil davon war beim Aufprall geplatzt und hatte helles Pulver verstreut.

Susanne fiel der marmorne Mörser mit den Cyanidspuren in der Wohnung von Markus Lerch ein. Das Algenvernichtungsmittel – offenbar hatte nicht nur der Hass der beiden Eheleute auf Gegenseitigkeit beruht, sondern auch ihr krimineller Einfallsreichtum.

Sie stellte sich Markus Lerch vor, wie er sich Zutritt in die Räume seiner Frau verschaffte und das Medikament präparierte. Wie er eine Kapsel nach der anderen aufschnitt, den Inhalt austauschte und mit Fingern, die vor Aufregung zitterten, die jeweiligen Hälften wieder zusammensteckte. Eine langwierige Fummelei, schätzte Susanne und wählte die Nummer der Spurensicherung.

Der Notarzt traf als Erster ein. Er stellte den Tod der Frau fest, schnupperte und sagte: »Vergiftet?«

Susanne nickte. Was hatten die Weißkittel vom Labor behauptet? Man rieche Zyankali nicht immer? Ein Märchen wie das des Rechtsmediziners von der *kataleptischen Erstarrung*.

WER ANDERE IN DIE GRUBE LOCKT

Wolfram Tewes

Herbst 1781

Schon wieder dieses Lied. Immer wieder diese Melodie, immer derselbe Text: »Ave Maria, gratia plena, dominus ...«

Der Bäckergeselle Franz Hövelmann stand in der Backstube und verdrehte genervt die Augen. Seit einer Stunde kam dieser wenig schöne Gesang aus einem Wirtshaus am Rathausplatz. Unterstützt wurden die Sänger von einigen schlecht gestimmten Instrumenten. Wohlklingend war das Ganze nicht, aber laut. So laut, dass Hövelmann es rund hundert Meter weiter in der schmalen Gasse noch hören konnte. Gern hätte er nachgeschaut, was die Ursache für diesen immer wiederkehrenden Gesang war. Aber dazu blieb ihm keine Zeit. Er erwartete wichtigen Besuch. Jeden Moment konnte Christophorus Kröger, der Wirt eben jenes Gasthofes, von dem dieser nervtötende Gesang ausging, in den Bäckerladen kommen.

Aber als die Glocke über der Ladentür klingelte, war es nicht Kröger, sondern Frau Ackermann, die Ehefrau des Meisters. Sie kam mit einem Korb voll Obst gerade vom Marktplatz.

»Was ist denn das für ein entsetzlicher Lärm da draußen?«, fragte Frau Ackermann. »Die verhunzen dieses wunderbare Lied ja vollkommen. Und wo ist überhaupt mein Mann? Ich habe ihn seit dem frühen Morgen nicht mehr gesehen.«

Hövelmann zuckte mit den Schultern. »Ich weiß es nicht, Frau Meisterin«, log er seelenruhig. »Auch ich habe den Meister in den letzten Stunden nicht gesehen. Ich weiß nur, dass er ganz früh davongeritten ist. Er schien es sehr eilig zu haben.«

Kopfschüttelnd zog sich die Frau seines Brotherrn aus der Backstube zurück, verschwand im Nachbarhaus, in dem das kinderlose Ehepaar Ackermann wohnte. Hövelmann atmete erleichtert durch. Denn einen Zeugen konnte er jetzt wirklich nicht brauchen. Alles war sorgfältig geplant.

Gestern hatte sein Arbeitgeber eine von Hövelmann eigenhändig gefälschte Nachricht erhalten. Ein durchreisender Getreidehändler sei gerade in Delbrück und böte Weizen zum sensationellen Preis an. Ackermann war daraufhin am frühen Morgen tatsächlich Richtung Delbrück geritten. Niemand kannte den Grund für diesen Ritt, nur Hövelmann. Der Meister war also schon mal aus dem Weg. Daraufhin hatte er dem reichen, aber ebenso ehrgeizigen und gierigen Gastwirt Kröger ein Angebot gemacht, zu dem dieser unmöglich Nein sagen konnte. Das Angebot hatte er zwar im Namen seines Meisters gemacht, aber natürlich ohne dessen Kenntnis. Langsam wurde Hövelmann nervös. Wo blieb Kröger? Es war schon fast eine halbe Stunde über der vereinbarten Zeit. Konnte Kröger vielleicht seinen Gasthof nicht im Stich lassen wegen dieser elenden Singerei? Oder hatte er kalte Füße bekommen?

Endlich bimmelte die kleine Glocke wieder. Kröger, ein großer, schwerer Mann mit hochrotem Kopf, trat ein und schaute sich suchend um.

»Wo ist dein Meister?«, fragte er Hövelmann barsch. Der konnte seine Erleichterung nur mit Mühe unterdrücken. Hövelmann zuckte bedauernd die Schultern und erklärte: »Fortgeritten. Ihr wisst ja, wie das ist. Geschäfte – da muss man manchmal schnell zugreifen.«

Kröger, der offenbar wenig Lust hatte, sich mit einem Gehilfen auf vertrauten Fuß zu stellen, brummte nur: »Absprache ist Absprache. So geht das nicht. Auch ich habe eine Menge zu tun. Man hört ja bis hierher den Lärm aus meiner Gaststube. Trotzdem bin ich hier.«

»Ich versichere Euch«, warf Hövelmann schnell ein, »dass ich das volle Vertrauen meines Meisters habe. Er hat mich ermächtigt, Euch die Ware zu zeigen und in seinem Namen zu verkaufen. Kommt mit, Ihr werdet es nicht bereuen.«

Der dicke Gastwirt war immer noch nicht zufrieden, folgte ihm aber, als der Bäckergeselle den Laden verließ und zu einer Treppe ging. Vor den Stufen wandte Hövelmann sich zu Kröger um und fragte vorsichtig: »Meister Kröger, darf ich Euch eine Frage stellen? Was hat es denn mit dem lauten Gesang, der aus Eurem Gasthaus kommt, auf sich?«

Mit einem unwilligen Brummen in der Stimme antwortete Kröger: »Hast du das nicht mitgekriegt? Vor über einer Stunde ist eine ganze Kompanie Grenadiere in die Stadt eingerückt. Vom Fürstbischof aus Schloß Neuhaus hierhergeschickt. Die sollen endlich Ruhe und Ordnung in der Stadt wiederherstellen nach den Tumulten der letzten Tage. Aber als die Soldaten vor das Rathaus zogen, fingen die Leute in meiner Gaststube an zu singen. Erst haben sie das Stabat Mater gesungen, dann immer wieder dieses Ave Maria. Aber so, wie sie es gesungen haben, wurde es zu einem Spottlied, das eindeutig gegen die Grenadiere gerichtet war. Dieser verd..., na ja, der Domherr selbst ist auch in der Gaststube und singt am lautesten von allen. Ich mache mir große Sorgen deswegen. Jeden Augenblick kann es passieren, dass die Grenadiere das Feuer auf mein Gasthaus eröffnen. Lange werden die sich das nicht mehr anhören. Und dann ...«

»Dann ist es ja vielleicht ganz gut, dass Ihr nun hier seid«, unterbrach ihn Hövelmann. Er sah nun eine Chance, den Besucher auf seine Seite zu ziehen. »Denn falls die Grenadiere Euren Gasthof stürmen, dann könnt Ihr sagen, dass Ihr von allem nichts wusstet, weil Ihr gerade geschäftlich unterwegs wart.«

Kröger starrte ihn verblüfft an, nickte dann aber

wortlos und folgte dem Bäckergesellen auf den Dachboden, der als Lagerraum für Mehl genutzt wurde. Oben angekommen, wurde der keuchende Gastwirt in den hintersten und finstersten Bereich des Dachbodens geführt. Dort schlug Hövelmann eine große Decke zurück, unter der mehrere prall gefüllte Leinensäcke auftauchten. Kröger trat neugierig heran und öffnete einen der Säcke. Sofort stieg der unverwechselbare, betörende Duft von Kaffeebohnen auf. Kröger, der seine Erregung nun nicht mehr verbergen konnte, griff in den Sack und hielt sich eine Handvoll gerösteter Bohnen unter die Nase.

»Fünf Zentner Kaffee«, kommentierte Hövelmann, der neben ihm stand und den Gastwirt beobachtete. »Das ist ein Vermögen wert in dieser Zeit.«

Vorsichtig ließ Kröger die Kaffeebohnen in den Sack zurückrieseln.

»Was will dein Meister dafür haben?«, fragte er mit vor Gier heiserer Stimme. Hövelmann nannte ihm einen Preis, bei dem Kröger heftig zusammenzuckte.

»Bitte verzeiht mir«, sagte Hövelmann entschuldigend, »aber diesen Preis hat Meister Ackermann mir genannt. Er hat auch gesagt, dass in diesen Zeiten nur Gold ebenso viel Wert besitzt wie Kaffee. Und dies hier ist allerfeinste Ware, wie Ihr sehen und riechen könnt.«

»Warum verkauft dein Meister dann den Kaffee nicht selbst?«, fragte Kröger. »Warum bietet er ihn mir an?«

Hövelmann zögerte mit einer Antwort, ganz so, als sei ihm die Frage unangenehm.

»Weil gegen meinen Meister bereits ein Verdacht vorliegt und er es nicht mehr wagt, den Kaffee selbst zu verkaufen.«

Es war tatsächlich gefährlich geworden, nachdem am 25. Februar 1777 ein Edikt des Fürstbischofs erschienen war, in dem sowohl der Verzehr als auch der Verkauf von Kaffee streng verboten wurde. Kaffeetrinken durften ab sofort nur noch die gehobenen Stände wie Adel, Priester, höhere Beamte und Offiziere. Dem gemeinen Bürger war es unter Strafe verboten. In der Paderborner Bevölkerung hatte dieses Verbot für großen Ärger gesorgt. Kaffee war das erklärte Lieblingsgetränk der braven Leute und der Verzicht darauf fiel schwer. Man empfand das Edikt als ungerecht und als Bevormundung. Erst war der Unmut hinter vorgehaltener Hand geblieben, hatte sich noch nicht öffentlich gezeigt. Viele Monate war das Verbot einfach ignoriert worden. Aber dann hatte der Fürstbischof nachgelegt und seine Weisung mit einem weiteren Edikt verschärft. In der Folge waren anonyme Pasquillen aufgetaucht. Diese Flugblätter, auch Hövelmann hatte eines davon ergattert und es sich von seinem Meister vorlesen lassen, hatten den Ärger in Worte gefasst, ihm Form und Gestalt gegeben, den Unmut geschürt und ihn in eine aufrührerische Richtung gelenkt. Die Wut war wie ein Fieber über die Stadt gekommen und die sonst so biederen Bürger Paderborns waren zur Gegenwehr geschritten.

Wenige Tage war es nun her, da hatte es auf dem

Marktplatz dieses wilde Treiben gegeben, von spöttischen Zeitgenossen schon gleich als »Kaffeelärm von Paderborn« bezeichnet. An drei Abenden hintereinander hatten sich Bürger der Stadt auf dem Marktplatz zusammengerottet, hatten öffentlich getrunken und schamlose Lieder gesungen, in denen die Obrigkeit und vor allem der Fürstbischof Wilhelm Anton von Asseburg verspottet wurden. So was hatte es in der altehrwürdigen Stadt an der Pader noch nie gegeben. Hövelmann war noch immer erregt, wenn er daran dachte. Was hätte nicht alles passieren können? Jeden Augenblick hatte man damit rechnen müssen, dass die Grenadiere aus der Garnison in Schloß Neuhaus auftauchen und in die johlende Menge schießen würden. Klammheimlicher Drahtzieher dieser Ausschreitungen war, wie Hövelmann aus sicherer Quelle wusste, der Domherr Franz Wilhelm von Bocholtz gewesen. Schon seit Längerem munkelte man in der Stadt hinter vorgehaltener Hand, dass von Bocholtz ein Gegner des Fürstbischofs war. Da der Marktplatz zur »Domfreiheit« gehörte, hatte der Rat der Stadt keinen Einfluss auf das Geschehen gehabt. Denn dieser Ort war nicht der Gerichtsbarkeit der Stadt unterworfen, sondern unterstand dem Domkapitel, dessen starker Mann kein anderer als der Domherr selbst war.

Hövelmann hatte kurz geschwiegen, um seine Worte wirken zu lassen. Dann sprach er weiter: »Ihr aber seid unbescholten und geltet als Ehrenmann. Ihr führt das erste Haus am Platze. Niemand wird Euch verdächtigen, wenn Ihr das Geschäft mit der Euch eigenen Klugheit vollzieht.«

Wieder ließ der dicke Gastwirt sein tiefes Brummen hören. Dann schüttelte er den kahlen Kopf.

»Nein!«, sagte er bestimmt, »der Preis ist viel zu hoch. Ich habe zwar das Geld dabei und könnte sofort zahlen. Aber nicht diesen Preis. Sag deinem Meister, wenn er ein vernünftiges Angebot macht, komme ich wieder. Sonst soll Ackermann seinen Kaffee selbst trinken. Einen schönen Tag noch.«

Der dicke Mann wandte sich der Treppe zu. Aber er kam nicht weit, denn Franz Hövelmann stellte sich ihm in den Weg. In der rechten Hand hielt er ein langes, im Kerzenschein blinkendes Messer. Etwas gedämpft, aber immer noch deutlich vernehmbar, drang erneut das »Ave Maria« durch die dünnen Wände des Dachbodens.

Kurz vor Mitternacht trottete ein müder Gaul durch die dunklen Straßen Paderborns. Der Bäckermeister Heinrich Ackermann hatte einen ärgerlichen Tag verbracht und war denkbar schlechter Laune. Irgendjemand hatte ihm einen bösen Streich gespielt und ihm eine falsche Nachricht zukommen lassen. Denn in ganz Delbrück hatte er den angeblichen Getreidehändler nicht gefunden. Und er hatte in jeder Schänke, bei jedem Krämer, sogar in der Kirche nach dem Mann gesucht. Ackermann hatte sich, um nicht vor Wut zu platzen, in die nächstbeste Schänke gesetzt und sich einige große Krüge Bier vorsetzen lassen. Erst am frühen Abend war er wieder auf sein Pferd gestiegen und hatte sich auf den Rückweg nach Paderborn gemacht. Als er völlig erschöpft vor seinem Wohnhaus vom Pferd stieg, tauchten plötzlich drei Gendarmen mit gezückten Säbeln aus der Dunkelheit auf. Ihr Anführer rief ihm zu:

»Meister Ackermann, Ihr seid wegen Mordes und Raubes an dem Gastwirt Christophorus Kröger verhaftet!«

Franz Hövelmann, der hinter der Hausecke stehend die Verhaftung beobachtete, war zufrieden. Er hatte alles richtig gemacht. In den Taschen des toten Gastwirtes war tatsächlich die erhoffte große Menge Geld gewesen. Den Toten hatte er einfach auf dem Dachboden liegen lassen, dann den Laden abgeschlossen und verlassen. Er war die wenigen Meter bis zur Gaukirche gebummelt und hatte dort eine Kerze gekauft und entzündet. Nicht, dass er ein wirklich schlechtes Gewissen wegen seiner Tat gehabt hätte. Aber er war auch ein überzeugter Kirchgänger, und so eine kleine Kerze als Nachweis seiner Gottesfurcht konnte nicht schaden, fand er. Dann war er zum Rathaus gegangen und hatte dort Anzeige gegen seinen Meister Heinrich Ackermann erstattet. Er selbst habe eben, als er einen Sack Mehl holen wollte, zu seinem großen Entsetzen auf dem Dachboden der Bäckerei die Leiche des bekannten Gastwirtes Christophorus Kröger gefunden. Auch große Mengen des verbotenen Kaffees habe er dort entdeckt. Dann hatte er seine Einschätzung des Tathergangs geäußert: Sein Meister habe offenbar den Kaffee an Kröger verkaufen wollen. Dabei seien die beiden wohl in Streit geraten und Ackermann habe Kröger erstochen und ausgeraubt. Dann sei er vielleicht in Panik geraten und davongeritten. Hövelmann selbst habe aber von dem Geschehen nichts mitbekommen, hatte er ausgesagt und dies bedenkenlos mit einem Eid bekräftigt. Die Gendarmen waren dem Hinweis sofort gefolgt. Alles war so vorgefunden worden, wie von Hövelmann beschrieben. Jetzt, um Mitternacht, war der Tote längst abtransportiert und der Kaffee beschlagnahmt worden.

Eine Woche später kam zu der großen Menge an Bargeld, das Hövelmann bei Kröger gefunden hatte, noch eine kleine Summe hinzu. Der Fürstbischof hatte in bester katholischer Manier angeordnet, dass dem Denunzianten, der einen Kaffeefrevel anzeigt, ein Viertel des Wertes am konfiszierten Kaffee als Belohnung zustand. Damit verbunden war die Garantie, den Namen des Denunzianten nicht öffentlich werden zu lassen. Franz Hövelmann konnte zufrieden mit sich und der Welt sein. Er war nun ein gemachter Mann. Allerdings würde er vorsichtig mit dem Geld umgehen müssen. Sonst könnten sich die Leute fragen, woher sein plötzlicher Reichtum käme.

Heinrich Ackermann, sein Meister und Brotherr, saß derweil im Gefängnis und wartete auf seinen Prozess. Es sah schlecht für ihn aus, alles sprach gegen ihn. Wäre das hohe Gericht in diesen Tagen nicht so stark mit den Prozessen gegen die Wortführer des sogenannten Kaffeelärms beschäftigt gewesen, hätte der völlig unschuldige Bäckermeister wohl längst seinen Kopf auf dem

Schafott verloren. Doch der Herbst zog vorbei und es wurde Winter. Kurz vor Weihnachten war er immer noch nicht vor die Schranken des Gerichtes gezerrt worden. Die Mühlen der Paderborner Justiz mahlten zwar gründlich, aber sehr langsam.

*

Vierter Advent 1781

Ackermanns Ehefrau und künftige Witwe traute sich kaum noch auf die Straße. Seit der Verhaftung ihres Mannes litt sie unter der öffentlichen Verachtung und ihrer eigenen Scham. Zum Einkaufen hatte sie in den letzten Wochen stets den Lehrjungen geschickt. Sie selbst wäre vermutlich beim Fleischermeister oder auf dem Markt nicht einmal bedient worden. Die ehrbaren Paderborner Bürger konnten grausam sein, obwohl die arme Frau persönlich nichts Unrechtes getan hatte. Sie fühlte sich wie eine Aussätzige und zog sich immer mehr zurück.

An diesem Morgen jedoch, am vierten Adventssonntag des Jahres 1781, hatte sie sich aufgerafft. Sie hatte ihren besten Wintermantel angezogen, die schönste Haube auf die früh ergrauten Haare gesetzt und sich vorgenommen, ihre Unsicherheit so gut wie möglich zu verbergen, komme, was da wolle. Ihr bedauernswerter Ehemann mochte verloren sein. Sein Prozess war immer wieder verschoben worden und würde erst nach den Weihnachtstagen durchgeführt werden. Keine Sekunde hatte sie in den letzten Monaten an seine Schuld geglaubt, auch wenn alles für ihn als Mörder sprach. In den letzten Tagen jedoch war selbst sie unsicher geworden. Warum hatte ihr Mann ihr damals nicht erzählt, dass er nach Delbrück reiten wollte? War er wirklich fort gewesen? Würde sich bei der Verhandlung irgendein Delbrücker finden, der nach dieser langen Zeit beschwören würde, ihn dort gesehen zu haben? Wohl kaum, befürchtete sie. Am Ausgang der Gerichtsverhandlung konnte es also keinen ernsthaften Zweifel geben. Ihr Mann würde seinen Kopf verlieren. Ob zu Recht oder Unrecht, danach würde außer ihr niemand fragen, wenn das Urteil erst einmal vollstreckt war. Aber sie musste weiterleben, irgendwie. Auch wenn sie an diesem vierten Adventssonntag, so kurz vor Weihnachten, mit den Nerven am Ende war.

Langsam, gleichermaßen um Würde und um Vorsicht bemüht, schritt sie durch die schmale Gasse aus Fachwerkhäusern, bis sie zum Marktplatz kam. Am Morgen hatte es gefroren, und aus dem schmutziggrauen Schneematsch der letzten Tage war eine starre, fast unpassierbare Eiskruste geworden.

Wie sie es erwartet hatte, gingen die Leute ihr scheu aus dem Weg. Aber sie hob das Kinn noch höher, presste die Zähne zusammen, überquerte den großen Platz und hielt erst an, als eine große Menschenmenge sich vor dem engen Paradiesportal des Domes staute. Auch hier die gleiche Reaktion: Als man sie erkannte, machten die

Gläubigen ihr eine Gasse frei, als habe sie eine hochansteckende Krankheit. Aber sie machte den Rücken gerade und versuchte, die gehässigen Kommentare zu überhören. Einer stellte laut die Frage, ob die Ehefrau eines Raubmörders überhaupt ein Gotteshaus besuchen dürfe. Als sie den riesigen Kirchenraum betrat, setzte sie sich schüchtern in die hinterste Bank. Das beeindruckende Kirchenschiff wurde nur dürftig von Kerzen erleuchtet. Es war Advent, die Zeit der Erwartung. Noch kein Grund, mit den teuren Kerzen verschwenderisch umzugehen. Aber in ein paar Tagen, zum Weihnachtsgottesdienst, würden Hunderte großer und kleiner Kerzen den gewaltigen Raum in derart festlichem Glanz erstrahlen lassen, dass einem schier die Augen übergingen. Als der Adventsgottesdienst begann, stellte Frau Ackermann fest, dass sie allein in der Kirchenbank saß. Niemand hatte sich in ihre Nähe getraut. Während sie die Hände verzweifelt ineinander krampfte, als würde sie beten, machte der Domherr, Franz Wilhelm von Bocholtz, das Kreuzzeichen und der Chor stimmte ein erstes Adventslied an.

Auch Franz Hövelmann hatte es sich nicht nehmen lassen, in den Dom zu gehen. Aber bei ihm spuckte niemand verächtlich über die Schulter, kein beißender Hohn ergoss sich über ihn. Warum auch? Er war ein ehrbarer Bäckergeselle. Für seinen verbrecherischen Meister konnte er doch nichts. Seitdem Ackermann im Gefängnis schmorte, hatte Hövelmann fürs Erste die Leitung der Bäckerei übernommen und sich dabei als zuverlässig erwiesen. Nach der Hinrichtung Ackermanns würde die Stadt dessen Vermögen, sprich die Bäckerei, einziehen. Seiner Witwe würde nichts anderes übrig bleiben, als in Schimpf und Schande die Stadt zu verlassen. Und für ihn, Franz Hövelmann, standen die Chancen, eines Tages der neue Meister zu werden, mehr als gut. Sein gesellschaftlicher Aufstieg war nur noch eine Frage von ein paar Wochen. Und wenn Ackermanns Kopf erst mal im Korb des Scharfrichters lag, dann war für ihn auch das letzte Risiko, noch aufzufliegen, ausgeschaltet. Er hatte es nicht nötig, sich in die letzte Bank zu setzen, nein, sein Platz war nun in der Mitte des Kirchenschiffes, da, wo die braven Paderborner Bürger saßen. Zufrieden schaute er sich um. Er hatte es geschafft. Nichts konnte mehr schiefgehen.

Die Messe war gelesen und der Domherr spendete der Gemeinde den Segen. Der Chor holte noch einmal tief Luft und intonierte das letzte Lied. »Ave Maria, gratia plena, dominus ...« Franz Hövelmann wurde bleich. Es durchzog ihn eiskalt, seine Hände begannen zu zittern. Dieses Lied – alles hätte der Chor vortragen können, aber doch nicht dieses Lied. All das, was er in den letzten Monaten zu verdrängen versucht hatte, schlug nun über ihm zusammen, als wäre er ins Wasser gefallen. Er schnappte panisch nach Luft, spürte, wie ihm schwindelig wurde.

Auch Frau Ackermann in der letzten Kirchenbank hörte das Lied. Und auch bei ihr lösten Worte und Melodie eine Erinnerung aus, ließen Bilder entstehen, stellten Zusammenhänge her. Sie sah sich selbst wieder im Bäckerladen stehen, mit dem Obstkorb am Arm. Sah die Unruhe im Gesicht ihres Gesellen Franz, erinnerte sich an das Gefühl, hier irgendwie zu stören. Und ... ja nun sah sie auch wieder die massige Statur des Gastwirtes vor sich, dem sie draußen, direkt vor der Ladentür, begegnet war. Auch der hatte sich seltsam verhalten, war ohne Gruß an ihr vorbei in den Laden gegangen. Als habe er sie gar nicht gesehen. Sie hatte sich nicht darüber beklagt, schließlich war er ein Kunde. Und untrennbar mit dieser Erinnerung verwoben war das »Ave Maria«. Es war auf einmal überall, gleichzeitig in Erinnerung und Gegenwart. Der Kopf drohte ihr zu platzen.

Franz Hövelmann hielt sich an der Kirchenbank fest, um nicht umzufallen. Seine Beine schienen ihren Dienst verweigern zu wollen. Plötzlich wurden auch die anderen Kirchgänger aus ihrer Andacht gerissen. Köpfe drehten sich nach hinten, unwilliges Gemurmel wurde laut. Und dann hörte auch Franz Hövelmann die Schreie, die von ganz hinten kamen, hell, hysterisch. Immer wieder kamen sie. Und sie kamen aus der letzten Kirchenbank.

»Er war's! Der Franz war's!«

Als die Menge der Gläubigen erkannte, wer diese Schreie ausgestoßen hatte, spürte Franz Hövelmann es fast körperlich, dass alle Blicke auf ihn gerichtet waren. Und alle wussten, wer gemeint war, das wurde ihm sofort klar.

Hövelmann, der sich so plötzlich im Mittelpunkt des Interesses sah, hatte nur noch einen Impuls: Raus hier! Nichts wie weg! Er schob den Mann, der neben ihm in der Kirchenbank stand, brutal zur Seite, quetschte sich an ihm vorbei. Dessen Frau erging es nicht besser, und endlich war Hövelmann auf dem breiten Mittelgang. Er beschleunigte seine Schritte, sah nicht nach links und nicht nach rechts, hatte nur noch den Ausgang im Visier, war wie in einem Tunnel. Und weil er nur das Fernziel vor Augen hatte, sah er das nahe liegende Hindernis nicht. Er rannte direkt vor einen kleinen Tisch am Ende des Mittelganges. Darauf lagen Gesangbücher und Kerzen, die gegen eine Spende angeboten wurden. Krachend kippte der Tisch um, Gesangbücher und Kerzen verteilten sich auf dem Fußboden. Hövelmann stürzte nach vorn und fiel. Als er sich aufrichten und weiterlaufen wollte, musste er feststellen, dass er umzingelt war. Mehrere Männer standen um ihn herum und schauten mit finsterer Miene auf ihn herab. Dann zogen starke Arme ihn hoch, ließen ihn aber nicht mehr los. Als Franz Hövelmann von den Männern aus dem Dom hinausgeführt wurde, sah er aus den Augenwinkeln, wie einige Frauen sich um die völlig aufgelöst wirkende Ehefrau seines Meisters kümmerten. Kurz, ganz kurz begegneten sich ihre Blicke, dann war er draußen und spürte, dass ihm die Hände hinter dem Rücken zusammengebunden wurden.

AUSZEIT

Susanne Kliem

Schnee fällt am Weihnachtsmorgen und die Welt steht still. Die dichten Flocken stehlen die Farben vor dem Fenster und ersticken jeden Laut. Ich lehne mich zurück, schließe die Augen.

Ich muss eingeschlafen sein, finde nur mühsam zurück aus einer fernen, traumlosen Welt. Tau tropft nun draußen, nass glänzen die Straße und das Dach des weißen Neubaus auf der anderen Straßenseite.

Die Veränderung bemerke ich erst jetzt. In der Wohnung im dritten Stock, die nicht vermietet war, stehen Umzugskartons. Ich schaue aus dem mittleren meiner stuckbeladenen Altbaufenster direkt hinein. Alle Wohnungen gegenüber sind gleich, das Zimmer zur Straße geht in eine offene Küche über. Singlebuden. Hohe Fluktuation. Nirgendwo leuchtet ein Weihnachtsbaum.

Ich betrachte die Kartons. Drei mal drei übereinander verdecken die linke Wand, vier große stehen mitten im Raum wie eine lange Tafel.

Viele Stunden geschieht nichts. Ich zünde neue Duftkerzen an. Ohne geht es nicht mehr. Vanille kommt mir am kräftigsten vor, ein Geruch, der sich wie eine wollene Decke über alles legt. Ich sollte lüften, aber das Fenster kann ich nicht öffnen. Draußen ist der Winter.

Ich puste Luft über meinen Tee, der Geruch von Bergamotte dampft aus der Tasse. Wie viel Arbeit wird es sein, bis dort drüben alles fertig ist. Bis der Bewohner angekommen ist in seinem neuen Leben. Oder ist es eine Frau? Ich kann warten, muss mich nicht rühren. Das ist ein großes Glück.

Gegenüber geht ein Licht an, trüb zuerst, dann heller, eine Energiesparbirne baumelt von der Decke. In ihrem kalten Schein steht ein Lehnstuhl. Wie und wann ist der dahingekommen?

Jemand betritt den Raum, es ist ein Mann. Er ist hager, trägt einen weinroten Rollkragenpullover und hat volles, dunkelblondes Haar. Er setzt sich, zieht die Schuhe aus. Lange verharrt er vornübergebeugt, blickt auf die Kartons an der Wand. Seine Haltung lässt nichts von einem Aufbruch fühlen. Er hat etwas hinter sich gelassen und es doch mit hierhergebracht. Ich wünsche mir, dass er den Kopf hebt und hinaussieht. Vielleicht zu mir. Die Dämmerung verschluckt ihn, und plötzlich sehe ich mich selbst, mein Spiegelbild in der Scheibe. Schnell blase ich die Kerzen auf dem Couchtisch aus. Mein Bild verschwindet, ich bin unsichtbar, zwei Augen im Dunkeln. Er wird die Kartons auspacken, Stück für Stück, und ich sehe zu. Ob er spürt, dass er nicht allein ist?

Hinter mir klingelt es. Noch einmal. Jemand klopft an die Tür. Genau wie gestern. Nur pocht es heute lauter, ein Name hallt durch den Hausflur. Mein Name.

Der Mann gegenüber steht am Fenster. Er feiert nicht Weihnachten, genauso wenig wie ich. Im Schein der Straßenlaternen erahne ich sein Gesicht, die hohe Stirn, Wangenknochen wie gemeißelt. Er hat schmale, farblose Lippen.

Bald werde ich ihn im Supermarkt treffen. Ich werde vor den Milchwaren stehen, wenn sich die Glastür öffnet und ihn einlässt. Meine Hand schwebt im Kühlregal, berührt die glatte, kalte Plastikverpackung der Margarine im Angebot. Nein. Ich gönne mir ein Paket von der irischen Butter. Ich feiere unsere erste Begegnung. Ich lächle, aber ohne ihn anzusehen, nur wie zufällig, als sei mir gerade etwas Schönes eingefallen. Eine Überraschung für jemanden.

Er sitzt wieder im Lehnstuhl und sieht hinunter auf die Straße. Die Linie 1 fährt vorbei, auf meiner Seite lehnt eine junge Frau ihre Stirn an die halb beschlagene Scheibe. Er kann ihr Madonnengesicht nicht sehen, doch gemeinsam hören wir das Röhren des Motors, das Quietschen der Bremsen an der Haltestelle. Am Tag ist es die Straße, die uns trennt. Mit ihrem Lärm, den hupenden Autos, den Ablenkungen. In der Nacht ist es die Straße, die uns verbindet. Eine dunkle, stille Schneise der Möglichkeiten, für zwei, die nicht schlafen.

Sein Licht brennt weiter, doch ich sehe ihn nicht mehr. Weiter hinten gibt es einen Flur, ein verborgenes Zimmer. Liegt er dort, eingewickelt in das erstbeste Laken, das er aus einem Karton hervorzerren konnte, auf einem improvisierten Bett?

Ich bleibe wach, das macht mir nichts aus, Stunde um Stunde allein in den Schatten, auf die unhörbar der Staub fällt.

Der Lärm zerstört alles. Dieses penetrante Klingeln und Pochen. Die Stimme der Nachbarin. Mein Name. Wir kennen uns kaum, welches Recht hat sie ...? Morgen früh muss ich mich beschweren.

Als wir neu in das Haus am Rand des Riemekeviertels gezogen waren, hat sie sich vorgestellt, mich eingeladen, *auf einen Kaffee, wenn Sie mal Lust und Zeit haben.* Eine ältere Frau, vielleicht schon in Rente. Bestimmt einsam. Ich bin niemals zu ihr gegangen. Wenn man erst mal auf Tuchfühlung ist, wird man die Leute nicht mehr los. Sie hat dann schnell gemerkt, dass ich Mann und Kind habe, eine Arbeit, den ganzen Trubel bei uns. Auch da hat sie schon geklopft und gepocht. Sich bei der Hausverwaltung beschwert.

Nun hat sie doch, was sie immer wollte. Ihre verdammte Stille.

In der Wohnung ist es kalt, seit vielen Tagen schon. Die Teedose in der Küche ist leer. Ich stecke meine Nase tief hinein, rieche den letzten Hauch von Bergamotte. Ich suche Halt am Tisch, mir ist schwindelig. Nur einen Moment, das geht vorbei. Das leere Gefühl im Magen, auch das hat aufgehört.

Als ich zurückkomme, ist meine letzte Kerze erloschen. Er ist da! Geht auf und ab im Zwielicht. Sein Arm bewegt sich, beschreibt ungeduldige Kreise. Erst jetzt erkenne ich, dass er telefoniert. Sein Körper ist angespannt, er stoppt, stützt den freien Arm gegen das Fenster und blickt starr vor sich auf den Boden. Er hat jemanden verlassen, plötzlich weiß ich das. Ist von Zuhause weggegangen, nach dem Streit, der alles verändert hat. Nun hört er die Stimme seiner Frau. Sie beschwört die Nacht herauf. In der etwas geschehen ist, was nie wieder gutgemacht werden kann. Sein Kopf sinkt noch tiefer. Er ist erschöpft, streift mit der Hand über seine Stirn. Sie gibt keine Ruhe. Sie möchte, dass er kommt und das Kind nimmt, da ist eine leere, dunkle Stelle neben dem Bettchen, wo sein Platz war. Sie hat den Sessel weggeräumt, aber sein Schatten klebt am Boden wie alter Dreck.

Der Mann tritt ganz nah an die Scheibe, er hält das Handy vors Gesicht, die blassen Lippen bewegen sich langsam auf und zu. Er singt für das Kind. *Alles schläft, einsam wacht...* Dann kappt er die Verbindung. Immer wieder leuchtet sein Display auf, der bläuliche Schein noch kälter als die nackte Birne an der Decke. Sie ruft an, doch er hat sie auf ›Stumm‹ geschaltet. Er braucht Ruhe. Kein Gebrüll mehr, kein markerschütterndes Schreien. Wie verwundert betrachtet er seine Hände. Hände, die doch immer zärtlich waren, die gestreichelt haben.

Seine Frau ruft nach ihm, wieder und wieder. Sie ist allein, mit dem Kind, das nun still ist. Sie zündet Kerzen an.

Fäuste hämmern gegen die Tür, da sind Stimmen, viele Stimmen. Mein Name. Dann explodiert die Nacht in

Lärm und Licht. Die Zimmertür fliegt auf, Männer in Uniform dringen ein. Sie stoppen, halten sich die Hände vors Gesicht, atmen in den Stoff ihrer Ärmel. Dahinter reckt die Nachbarin den Kopf. Einer der Polizisten reißt das Fenster auf. Ein anderer redet auf mich ein.
Sie suchen.
Nein, sage ich, *da ist kein anderes Zimmer.*
Früher war es da, doch jetzt darf es niemand mehr betreten.

Ich kann nichts dagegen tun. Sie heben dich heraus, aus deinem Bettchen, nehmen dir die Babydecke weg und dein kleiner Körper ist kalt.

Die Lippen des Polizisten bewegen sich, schnell und unaufhörlich. Fragen fallen auf mich herab, lautlos wie Schnee. Jemand fasst unter meinen Arm, zieht mich hoch, will mich führen. Er tut mir nicht weh, doch ich bleibe stehen, blicke zurück, über die Straße. Zu dem Mann gegenüber.

Singlebuden. Die dort wohnen, bleiben nicht lange, doch sie ziehen die Vorhänge zu, lassen die Rollos herabfallen. Als gäbe es etwas zu verbergen, zu beschützen, vor dem Winter, vor dieser Stadt.

Nur er ist da, steht nah am Fenster. Das flackernde Licht des Polizeiwagens schleudert grellblaue Blitze auf meinen Körper. Und nun, endlich, sieht er mich an.

EIN MÖRDERISCHES KRIPPENSPIEL

Thomas Breuer

»Welch ein Gemetzel!« Katharina Kaufmann, die Schulleiterin des Gymnasiums, war die Erste, die sich angesichts dessen, das sie da draußen sah, wieder gefangen hatte.

»Jetzt schaffen sie Fakten«, schimpfte sie wütend.

»41 Monumente der Natur.« Leokardia Wübbeke schüttelte fassungslos den Kopf.

»Das ist Frevel«, presste Schwester Regina, die Oberin des zum Gymnasium gehörenden Ordens, hervor und wandte sich erschüttert ab. »Ein Verbrechen gegen die Schöpfung. Und das so kurz vor Weihnachten.«

Die drei Damen standen am Fenster des Büros der Oberin und blickten auf die Baumfällarbeiten hinab, die sich direkt gegenüber erbarmungslos vollzogen. Als nun ein weiterer Baumriese krachend zu Boden stürzte, rissen sie sich von dem Grauen los und schlichen zur gedeckten Kaffeetafel hinüber.

»Und alles wegen dieses unsinnigen Neubaus«, erhitzte sich die Schulleiterin. »Als gäbe es nicht schon genug Grundschulen in Paderborn!«

»Dann wird es jetzt also ernst«, stellte Leokardia Wübbeke fest.

Schwester Regina nickte resigniert. »Im Frühjahr soll es losgehen. Habt ihr die Pläne gesehen? Für den Neubau wird dieses wunderbare Wäldchen da draußen gerodet. Und wenn die Grundschule steht, geht es auf dem Gelände des Gymnasiums und der Realschule weiter.«

Leokardia Wübbeke sah Katharina Kaufmann fragend an. »Warum das?«

»Weil wir viel zu wenig Platz für einen Grundschulneubau haben. Stellt euch nur einmal vor: Sogar unser Schulhof muss weichen. Er wird auf das Dach verlegt. Das bedeutet jahrelange Bauarbeiten – Lärm und Dreck. Wie soll man da gymnasiale Bildung sicherstellen?«

»Um Bildung geht es doch schon lange nicht mehr«, stellte Schwester Regina abschätzig fest. »Auf der Homepage für die neue Grundschule ist nur von Spiel, Spaß und Musik die Rede. Als müssten Kinder heute nichts mehr lernen!«

»Was sagen denn die Eltern dazu, dass ihr nun jahrelang Bau-Chaos haben werdet?«, hakte Leokardia Wübbeke nach.

»Die sind Sturm gelaufen«, antwortete Schwester Regina statt der Schulleiterin. »Aber der ganze Protest hat nichts genützt. Die Eltern des Gymnasiums und der Realschule haben eine Resolution verfasst. Unsere tapfere Freundin hier«, sie deutete auf Katharina Kaufmann, »hat Monsignore Seibel und den Erzbischof mit Briefen bombardiert ...«

»Nicht einer ist beantwortet worden«, beschwerte sich die Schulleiterin in einem Tonfall, als könne sie es immer noch nicht fassen. »Nicht ein einziger!«

»Unglaublich!« Leokardia Wübbeke war vor Entrüstung rot angelaufen. »Welch eine Respektlosigkeit! Dabei hast du dich jahrelang für diese Schule krummgelegt. Was wären die im Generalvikariat denn ohne eure Arbeit an der Front?«

»Deshalb habe ich nun auch meine Konsequenzen gezogen«, verkündete die Schulleiterin. »Ich habe Monsignore Seibel gestern persönlich meinen vorzeitigen Ruhestand eingereicht.«

»Wieso dem Seibel?« Leokardia Wübbeke sah sie fragend an. »Warum nicht dem Generalvikar?«

»Weil Seibel im Generalvikariat für die Schulen zuständig ist. Auf seinem Mist ist der ganze Unsinn doch gewachsen. Der will sich damit einmal mehr ein Denkmal setzen.«

»Und wie hat er reagiert?«

»Offensichtlich hat er in seiner Selbstherrlichkeit nicht damit gerechnet, dass ihm jemand die Stirn bietet – noch dazu eine Frau!« Katharina Kaufmann lachte auf. »Der hat ganz schön blöd geguckt.«

»Das macht der doch immer«, warf die Oberin ein. »Der kann doch gar nicht anders.«

»Im Sommer ist für mich Schluss«, fuhr die Schulleiterin fort. »Ich kann unmöglich dem Träger gegenüber loyal sein und dieses völlig unsinnige Konzept den

Eltern gegenüber verteidigen. So sehr könnte ich mich gar nicht verbiegen, selbst wenn ich wollte.«

Schwester Regina und Leokardia Wübbeke sahen sich erschüttert an.

»Aber«, warf die Oberin ein, »die Schule ist doch dein Leben.«

»Eben«, bestätigte Katharina Kaufmann. »Und wenn ich das alles in den nächsten Jahren erleben muss, wird sie auch noch mein Tod sein.«

Leokardia Wübbeke nickte verstehend. »Man kann nicht immer nur alles schlucken.«

»Ich denke«, verkündete Schwester Regina, »dies ist der richtige Moment, euch einen kleinen Trost zu kredenzen. Ich habe frische Kräuter angesetzt.« Sie deutete auf die gedeckte Kaffeetafel, in deren Mitte eine Flasche Kräuterlikör wie ein rettender Leuchtturm emporragte. »Eine ganz neue Mischung!«

»Ah!«, freute sich Leokardia Wübbeke. »Warst du wieder kreativ?«

»Wohl wahr!«

»Lass mich raten.« Auch Katharina Kaufmann rang sich nun ein Lächeln ab. »Du hast dich wieder einmal drei Tage lang in deinem Amtszimmer eingeschlossen ...«

»Diesmal war ich vier Tage in Klausur«, korrigierte die Oberin grinsend.

»... und hast dort in wilden Versuchen immer neue Kräuter destilliert.«

»Das ganze Haus hat nach Schnaps gestunken«, freute sich Schwester Regina. »Es war herrlich. Zumal ich ja jedes Zwischenergebnis ausgiebig verkosten musste.« Sie lachte hell auf.

»Tagelang nur Schnaps?«, hakte Leokardia Wübbeke nach.

»Natürlich nicht!« Schwester Regina winkte beruhigend ab. »Schwester Viola, die treue Seele, hat mich zwischendurch mit fester Nahrung versorgt. Man sollte sich niemals bis zum Letzten selbst ausbeuten – selbst dann nicht, wenn es für die Wissenschaft ist.«

Als hätte sie auf ihr Stichwort gewartet, betrat in diesem Moment eine dürre, etwas verhuscht wirkende junge Ordensschwester in schwarzer Tracht mit einer Kaffeekanne in der Hand den Raum. Sie trat so vorsichtig auf, dass sie geradezu zu ihnen herüberzuschweben schien. Mit sanften Bewegungen schenkte sie den Damen Kaffee ein und blickte die Oberin dann fragend an.

»Danke, meine Liebe«, sagte die lächelnd, »mit dem Kuchen bedienen wir uns selber.«

Ohne Anzeichen einer Gefühlsregung schwebte Schwester Viola wieder durch den Raum und ließ sich auf einem Stuhl an der Seite nieder. Es war, als sei lediglich ein Nebelschwaden durch den Raum geweht.

»Spricht sie eigentlich immer noch nicht?«, wunderte sich Leokardia Wübbeke leise.

»Das ist doch der Sinn eines Schweigegelübdes.« Die Oberin schraubte die Likörflasche auf und füllte die kleinen Gläschen, die neben den Kaffeetassen standen, mit dem zähflüssigen braunen Elixier.

»Ein ganzes Leben lang schweigen?« Leokardia Wübbeke schien ihren Blick tief in ihr Inneres versenkt zu haben. Schließlich schüttelte sie entschieden den Kopf. »Nee! Das wäre nichts für mich.«

Katharina Kaufmann lachte, verkniff sich aber eine Bemerkung.

»Sie hat ja nicht ihr ganzes Leben lang geschwiegen«, wandte Schwester Regina ein. »Das Gelübde hat sie erst vor drei Jahren abgelegt. Gleichzeitig hat sie sich umbenannt, um den Beginn des neuen Lebensabschnittes zu unterstreichen. Und sie ist auch nicht die Einzige in unserem Orden. Mit ihr zusammen sind es drei Schwestern, die sich das Schweigen auferlegt haben.«

»Aha, und warum macht man so etwas?«

»Aus Buße zum Beispiel«, erklärte die Oberin. »Oder aus Demut vor dem Herrn. Und manchmal einfach nur, um ein Zeichen des Protestes zu setzen.«

»So manch einem täte das mal ganz gut«, warf die Schulleiterin mit einem Seitenblick auf Leokardia Wübbeke ein. »Zumindest eine Zeit lang.«

»Prost!« Schwester Regina hob ihr Likörglas.

»Auf die edle Spenderin!«, rief Leokardia Wübbeke.

In diesem Moment stürzte draußen im Gekreisch der Motorsägen der nächste Baumriese krachend zu Boden, sodass selbst Schwester Viola auf ihrem Stuhl zusammenzuckte.

»Nein«, widersprach Katharina Kaufmann. »Auf die Schöpfung.«

»Auf die Schöpfung!«, stimmten ihre Freundinnen ein.

Die Damen kippten den klebrigen Likör in einem Zug und hielten die Gläser noch einen Moment respektvoll in den Händen, während sie den Kräutern nachspürten, die sanft ihre Kehlen hinabglitten.

»Herrlich«, seufzte Leokardia Wübbeke.

»In der Tat«, stimmte Katharina Kaufmann zu. »Das Zeug wird von Mal zu Mal besser. Das solltest du dir patentieren lassen.«

Schwester Regina erfreute sich an dem Lob und den seligen Blicken ihrer Freundinnen und ging nun dazu über, dicke Tortenstücke auf die Teller zu schaufeln.

Draußen kreischten die Kettensägen.

»Ich gebe zu«, sagte die Oberin plötzlich, »dass ich mich manchmal bei Gedanken ertappe, die ich in meiner Profession eigentlich nicht haben dürfte.«

»Oh«, machte Leokardia Wübbeke erwartungsfroh, »beichte sie uns!«

»Nun ja.« Schwester Regina wiegte wie unter einem inneren Widerstand den Kopf. »Man schlägt die Zeitungen auf und stößt allüberall auf Mord und Totschlag. Man schaltet den Fernseher ein, zappt sich bis nach Rosenheim durch, weil dort die Welt doch eigentlich noch in Ordnung sein sollte, und was hört man? ›Es gabert a Leich!‹ Da muss es ja wohl schon erlaubt sein, zu fragen, ob das alles so richtig ist.«

»Ich fürchte, ich kann deinen Gedanken nicht ganz folgen«, warf Katharina Kaufmann ein. »Was soll an Mord und Totschlag denn richtig und in Ordnung sein? Und inwiefern sind diese Gedanken für eine Schwester Oberin so anstößig?«

»Natürlich ist an Mord und Totschlag gar nichts in Ordnung«, wehrte Schwester Regina ab. »Also, eigentlich. Ich meine: in der Regel.« Sie machte eine Pause, während der sie einen erbitterten inneren Kampf auszufechten schien, um schließlich unter den drängenden Blicken ihrer Freundinnen fortzufahren: »Aber warum bedienen sich die Damen und Herren Krimiautoren nicht einmal bei denen, die es wirklich verdient hätten? – Versteht ihr, was ich meine?«

»Du denkst an jemand Bestimmten?«, hakte Leokardia Wübbeke nach und folgte den Bewegungen Schwester Violas, die wieder herangeschwebt war und Kaffee nachschenkte. »Zum Beispiel an jemanden, der gerade 41 Baumleichen verschuldet, nur weil er sich mit einem Schulcampus ein Denkmal setzen will?«

»Also weißt du!«, warf Katharina Kaufmann tadelnd ein. »Man kann doch den Monsignore nicht um die Ecke bringen, weil er Bäume fällen lässt! Ich finde, das geht eindeutig zu weit!«

»Aber man kann es sich doch einmal theoretisch vorstellen«, beharrte die Oberin. »Das befreit. Und immerhin ist auch der Hochmut eines Geistlichen eine Todsünde! Oder sollen die ausgefeilten Drohgebärden der Kirchenoberen nur für ihre Schäfchen gültig sein?«

»Vielleicht hat er es ja auch nicht nur wegen der Bäume verdient«, wandte Leokardia Wübbeke ein. »Unser Monsignore hat ja noch mehr auf dem Kerbholz.«

Erwartungsvoll richteten sich die Augen der Damen nun auf sie. Ausdrücklich zum Erzählen auffordern musste sie niemand, das war allen klar.

»Ihr habt doch die Sache mit den Köpfen am Dom mitbekommen«, begann sie denn auch gleich. »Mein

Mann hatte den Auftrag, die Fassade zu restaurieren. Und wie es bei alten Dombaumeistern schon im Mittelalter so üblich war, hatte auch er die Idee, sich irgendwo da oben an der Fassade selbst zu verewigen. Das ist quasi die Signatur der Steinmetze. Da traf es sich gut, dass Monsignore Seibel ihm just in dem Moment den Auftrag erteilte, zwei weitere Köpfe an der Fassade anzubringen – seinen eigenen und den des Erzbischofs. Und da es sich bei diesen beiden um derart bedeutende Persönlichkeiten handelt, sollten sie auch nicht irgendwo zwischen den Wasserspeiern verschwinden …«

»Wo sie ja eindeutig hingehörten«, warf Katharina Kaufmann ein, »zwischen die Teufelsfratzen und Monsterkreaturen, die das Böse draußen halten sollen.«

»… sondern an exponierter Stelle mitten auf der Fassade.«

»Und da sind sie ja dann auch angebracht worden«, schloss Schwester Regina. »Was also ist das Problem?«

»Na, du kannst Fragen stellen! Ihr habt doch mitbekommen, welch einen Aufschrei das in der Öffentlichkeit gegeben hat. Die Zeitungen waren voll davon. Da wird Kirchengeld, das man besser den Armen zugutekommen ließe oder den Flüchtlingen, für die Eitelkeit unserer Kirchenfürsten zum Fenster hinausgeworfen.«

»Die Empörung geschah ja wohl zu Recht«, beschied die Oberin.

»Natürlich! Aber ihr wisst ja auch, wie Seibel darauf reagiert hat: Er hat behauptet, mein Mann habe gar keinen kirchlichen Auftrag gehabt. Er habe es der Kirche gar nicht in Rechnung gestellt, weil er es eigenmächtig und ohne Erlaubnis gemacht habe.«

»Und das hat er nicht?« Schwester Regina beugte sich etwas vor.

»Nein, das hat er nicht! Was glaubt ihr denn wohl, was los wäre, wenn er ohne Auftrag Veränderungen am Dom vornehmen würde? Die Regressforderungen würden uns in den Ruin treiben!«

»Warum hat er Seibels Version dann in der Zeitung bestätigt?«

»Weil er sonst niemals wieder einen Kirchenauftrag bekommen hätte!« Leokardia Wübbeke hob die Hände, als erkläre sich das doch von selbst. »Und das kann sich ein Steinmetz und Restaurator in Paderborn nun einmal nicht leisten.«

Katharina Kaufmann und Schwester Regina nickten verständnisvoll und schoben sich Torte in die Münder.

»Superbia«, mümmelte die Oberin schließlich. »Ein weiterer Beleg für den Hochmut unserer Kirchenoberen im Allgemeinen und den Monsignore im Besonderen, die sich hier einmal mehr ein Denkmal gesetzt haben. Und außerdem noch die Todsünde der Acedia: die Feigheit, dass sie sich nicht öffentlich zu ihrem Auftrag bekannt haben.«

»Ich finde, das grenzt sogar an Gotteslästerung«, ergänzte Leokardia Wübbeke. »Schließlich ist der Dom das Haus des Herrn und nicht das Haus *dieser Herren*!«

»So hättet ihr nun beide ein Motiv, den Monsignore umzubringen«, stellte Schwester Regina befriedigt fest und füllte die Likörgläser auf, während draußen die Sägen kreischten.

»Und dabei warst du es doch, die diesen Gedanken zuerst geäußert hat«, entgegnete Katharina Kaufmann. »Das heißt, auch du hast einen Grund, Monsignore Seibel eher ins Paradies zu befördern, als es ein göttlicher Plan vorsieht.«

Die Oberin zwinkerte ihr zu und trank ihr Glas in einem Zug leer. Diesem Beispiel folgten auch ihre Freundinnen.

»Wahrlich ein feines Tröpfchen«, freute sich Schwester Regina und setzte das Glas ab. »Ich denke, ich bin nah an der Vollendung meiner lukullischen Experimente.«

»Wenn das mal nicht die Todsünde der Völlerei ist«, warnte Katharina Kaufmann mit erhobenem Zeigefinger.

»Gula? Ach was!« Die Oberin winkte ab. »Gegen Genuss in erträglichem Maße hat unser Herr nichts.«

»Wogegen hat er also dann etwas?« Leokardia Wübbeke beugte sich fordernd vor. »Nun spann uns doch nicht so auf die Folter.«

»Gegen Avaritia – den Geiz und die Habgier!« Schwester Regina nickte nachdrücklich und zog finster die Augenbrauen zusammen.

»Das musst du uns näher erklären!« Katharina Kaufmann beugte sich erwartungsvoll vor.

»Nun gut.« Schwester Regina legte ihre Hände vor der Brust zusammen und lehnte sich in ihren Stuhl zurück. »In der letzten Woche hat der Kirchensteuerrat zwecks seines Jahresabschlusses getagt. Und nun sollte man doch denken, dass so ein Kirchensteuerrat dafür da ist, die ordentliche Verwendung der Kirchensteuer zu überprüfen, nicht wahr?«

»Ist er aber nicht?« Katharina Kaufmann war ehrlich erstaunt.

»Nein, ist er nicht.« Die Oberin streichelte Schwester Viola, die erneut Kaffee nachschenkte, dankbar über den Arm. »Die Kirche entzieht sich ganz offiziell jeglicher Kontrolle, was ihre Finanzen angeht. Der Kirchensteuerrat überprüft lediglich die korrekte Buchung der Beträge, nicht ihre sinnhafte oder gar soziale Verwendung.«

»Das erklärt so manches«, warf Leokardia Wübbeke ein. »Zum Beispiel die 31 Millionen Euro für den Amtssitz des Limburger Bischofs.«

»Da musst du gar nicht so weit wegschauen«, wandte die Oberin ein. »Das Erzbistum Paderborn hat es durch die Raffgier seiner Oberen geschafft, sogar noch reicher zu werden als das Bistum Köln.«

»Aber wenn es um eine neue Glocke geht, dann wird gejammert und um Spenden gebettelt«, beschwerte sich Katharina Kaufmann. »300.000 Euro, die leicht aus dem Vermögen der Kirche hätten bezahlt werden können. Gestern stand es in der Zeitung.«

Dieser Tatbestand entsetzte die Damen derart, dass sie sich nur durch die Einnahme eines Gläschens Likör wieder beruhigen konnten.

»Es ist diese Raffgier, die mich aufregt!«, fuhr Schwester Regina fort. »Wozu hat unser Herr Jesus Christus eigentlich die Händler und Wechsler aus dem Tempel vertrieben, wenn sie nun die Kirche leiten?«

Nickend bedienten sich die Damen selbst mit einem nächsten Stück Torte und lehnten auch ein weiteres Likörchen nicht ab.

»Es gibt also zahlreiche Gründe, Seibel einem Krimiautor als nächstes Opfer nahezulegen«, fasste Katharina Kaufmann zusammen. »So etwas nennt der Fachmann Motiv. Und wenn wir uns nun schon einmal auf den hypothetischen Weg gemacht haben, sollten wir ihn auch zu Ende gehen. Was noch fehlt, sind die Gelegenheit und die Tatwaffe. Also, wann und wie würdet ihr es machen?«

»Wie die Münsteraner mit den Wiedertäufern an der Lambertikirche«, kam es wie aus der Pistole geschossen von Leokardia Wübbeke. »Ihr wisst schon: Die Wiedertäufer wurden gefoltert, in Käfige gesteckt und von außen an den Kirchturm gehängt und so zur Schau gestellt. Damit wurde die Herrschaft der Wiedertäufer in Münster beendet. Ich finde, das passt, denn schließlich wollten unsere hohen Herren sich ja auch hoch oben an die Fassade verewigen lassen.«

»Eine pikante Idee!« Schwester Regina kicherte und schenkte ein weiteres Likörchen ein. »Darauf trinken wir einen. Sind ja gesund, so frische Kräuter.«

»Gerade jetzt im Winter«, stimmte Leokardia Wübbeke zu.

»Ich würde ihn erschlagen.« Die anderen Damen blickten erstaunt auf, weil Katharina Kaufmann dies so leicht und unvermittelt über die Lippen gekommen war. »Er müsste gefällt werden wie die armen Bäume da draußen!«, erläuterte die Schulleiterin ihren Gedanken.

Und wie zur Bestätigung krachte unter dem Kreischen der Kettensägen unten vor dem Gebäude der nächste Baumriese zu Boden.

»Nicht schlecht, die Idee, wirklich nicht schlecht!« Schwester Reginas Stimme nahm allmählich eine leicht verwaschene Färbung an.

Erwartungsvoll blickten die Freundinnen nun auf die Ordensschwester, die kichernd abwinkte. »Ihr wollt also wissen, wie ich es machen würde, ja? Nun gut: so, wie Frauen nun einmal morden – mit Gift. Ich würde ihm ein Fläschchen meines guten Likörs schenken, allerdings mit einem besonderen Kraut angereichert – mit Fingerhut. Wenn ihn schon nicht der Schlag des Herrn trifft, dann wenigstens dieser.« Sie kicherte fröhlich und nahm Anlauf, auch diese Idee mit einem Glas Likör zu krönen.

»Nun gut.« Auch Katharina Kaufmanns Stimme schwamm inzwischen leicht davon. »Wie wir es machen würden, wissen wir nun. Bleibt noch die Frage wo und wann.«

»Am kommenden Montagabend«, kam es wie aus der Pistole geschossen von der Oberin. »Da hält er wieder eine Abendmesse und macht sich nach seinem üblichen Abstecher auf den Weihnachtsmarkt anschließend ganz allein auf den Weg in seine bescheidene Prunkkemenate. Wir müssten ihn nur abfangen. Ich könnte ihm zuvor den Likör kredenzen, dann fiele es dir, liebe Katharina, leichter, ihn zu erschlagen. Anschließend hieven wir ihn gemeinsam im Turm die Treppe hoch, binden ihn irgendwo fest und werfen ihn aus einem Fenster, damit er vor der Fassade baumelt, wie Leokardia sich das wünscht.«

»Ich finde«, beschied Leokardia Wübbeke, »das ist ein vorzüglicher Plan, den wir unbedingt …« Sie hielt Schwester Regina ihr Likörglas hin, das diese auch umgehend füllte.

Der weitere Verlauf des Nachmittags war von keiner der Damen anschließend rekonstruierbar und Schwester Viola zu fragen, wäre sinnlos gewesen.

*

Als die drei Damen sich eine Woche später wieder am selben Ort trafen, wurden draußen die Äste der Baumriesen gehäckselt. Das Geräusch, das einem Hagelsturm auf Wellblech ähnelte, fuhr allen in die Glieder. Aber das war nicht der einzige Grund für die düstere Stimmung, die von Anfang an über dem Kaffeekränzchen lastete.

Schon die Begrüßung fiel anders aus als sonst. Während Leokardia Wübbeke den anderen nur stumm zunickte, murmelte Katharina Kaufmann ein tonlos lauerndes »Hallo« und Schwester Regina taxierte ihre Freundinnen, als handelte es sich bei ihnen um einschlägig bekannte Mafiosi.

Während sie sich schweigend an der Kaffeetafel niederließen, schwebte Schwester Viola wie ein guter Geist durch den Raum, um ihnen Kaffee einzuschenken und Torte auf die Teller zu häufen. Als sie aber eine Flasche

Kräuterlikör vom Tisch nahm und aufschraubte, um die Gläschen zu füllen, deckten Katharina Kaufmann und Leokardia Wübbeke ihre schnell mit der Hand ab.

Die Oberin schluckte hart und legte Schwester Viola eine Hand auf den Arm. »Heute nicht«, sagte sie sanft, woraufhin die Ordensschwester verschämt den Blick senkte und die Flasche mit zu ihrem Stuhl an der Seite des Zimmers nahm. Dabei huschte ihr Blick immer wieder schmerzverzerrt in Richtung Fenster, durch das dieses nervenzerfetzende Häckselgeräusch drang.

»Ihr habt es also auch gelesen«, stellte Schwester Regina fest, als das Schweigen zwischen ihnen zu laut zu werden drohte, und warf einen Zeitungsartikel auf den Tisch.

Auf dem großformatigen Foto sah man eine Leiche, die zwischen den Kothaufen im Stroh der »Lebendigen Krippe« auf dem Weihnachtsmarkt lag. »Monsignore Seibel brutal ermordet«, lautete die Schlagzeile.

Die anderen Damen nickten mit gesenkten Blicken.

»Also«, fuhr die Oberin fort, »machen wir es kurz: Wer von euch war es?«

»Von uns war es sicher keine«, brauste Leokardia Wübbeke auf.

»Nein, ganz gewiss nicht!«, unterstützte sie Katharina Kaufmann schnaufend.

»Was wollt ihr damit andeuten?« Schwester Regina stützte sich mit beiden Händen auf der Kaffeetafel ab und beugte sich weit vor.

»Andeuten wollen wir gar nichts«, fauchte Leokardia Wübbeke zurück. »Wir stellen nur fest, dass unser gemeinsamer Freund ermordet wurde – und das, nachdem wir vor einer Woche hier in deinem Amtszimmer genau diesen Mord geplant haben. Du erinnerst dich? Es ist deine Idee gewesen!«

»Unser *Freund*, soso«, murmelte die Oberin.

»Dein Plan war«, fuhr Leokardia Wübbeke unbeirrt fort, »ihn mit Fingerhut in deinem Likör zu vergiften.« Sie tippte mit dem Zeigefinger auf den Artikel. »Der Polizeiarzt hat eine tödliche Dosis Digitalis in seinem Blut nachgewiesen. – Fingerhut! Welch ein Zufall!«

»Das war ein rein fiktives Gedankenspiel! Nur eine Idee für einen Krimi, meine Liebe! Und außerdem wollte ich ihm, wie du ganz richtig bemerkst, das Kraut in meinen Likör kredenzen – rein hypothetisch, versteht sich«, verteidigte sich die Oberin. »Er hat aber laut Obduktionsbericht gar keinen Kräuterlikör getrunken. Dafür eine Menge ›Fromme Helene‹, wie sie in der ›Lebendigen Krippe‹ angeboten wird.«

»Du willst also ernsthaft behaupten, dass die Wahl des Giftes reiner Zufall ist?« Katharina Kaufmann schüttelte ungläubig den Kopf.

»Ob das Zufall ist oder nicht, kann ich nicht beurteilen. Fest steht, dass ich es nicht war – es gar nicht gewesen sein kann!«

»Da sind wir aber gespannt.« Auch Katharina Kaufmanns Stimme klang kalt und abweisend.

»Ich habe ein unumstößliches Alibi für den Abend. Eine meiner Ordensschwestern ist am späten Nachmittag auf dem Weihnachtsmarkt über einen Wasserschlauch gestolpert und hat sich einen komplizierten

Knöchelbruch zugezogen. Sie musste im Vincenz-Krankenhaus operiert werden, und ich habe bis nach Mitternacht an ihrem Bett gesessen. Die Nachtschwester kann das bezeugen.«

»Das Gift kann ihm auch früher verabreicht worden sein«, widersprach Leokardia Wübbeke.

»Nicht in der Dosis!«

Katharina Kaufmann nickte widerwillig. »Da ist was dran.«

Wieder schwiegen die Damen und starrten misstrauisch auf ihre unberührten Tortenstücke.

Nun ging Schwester Regina zum Angriff über: »Und damit wären wir dann ja wohl wieder bei euch zwei Hübschen!«

»Also ich hatte Abo-Abend und war mit meinem Mann und einem befreundeten Ehepaar im Theater«, beeilte sich Katharina Kaufmann und hielt beide Handflächen wie einen Schutzwall gegen die Oberin.

Die nickte und wandte sich wortlos Leokardia Wübbeke zu. Als auch die Schulleiterin die Frau des Restaurators herausfordernd ansah, nahm deren Gesicht eine fleckige Röte an.

»Das ist ja wohl die Höhe!«, beschwerte sie sich. »Ich habe von uns ja wohl das schwächste Motiv!«

»Die Liebe und das Geld sind die stärksten Motive!«, belehrte sie Schwester Regina.

»Das ist doch längst geklärt!«

»Willst du damit sagen, dass das Bistum die drei Köpfe, die dein Mann an der Fassade des Doms angebracht hat, bezahlt hat?«, hakte Katharina Kaufmann nach.

»Das würde ich in der Öffentlichkeit niemals behaupten«, wand sich die Frau des Restaurators und verschränkte störrisch die Arme vor der Brust. Ihrem Gesicht konnte man deutlich ansehen, dass sie noch einen Trumpf im Ärmel hatte. »Außerdem waren mein Mann und ich am Montagabend auf der Weihnachtsfeier der Steinmetz-Innung. Dafür gibt es zahlreiche Zeugen.«

»Und da habt ihr keinen Abstecher auf den Weihnachtsmarkt gemacht?« Katharina Kaufmann kniff lauernd die Augenlider zusammen. »In die ›Lebendige Krippe‹ zum Beispiel?«

»Haben wir nicht! Auch dafür gibt es zahlreiche Zeugen!«

»Folglich kann niemand von uns die Mörderin sein.« Schwester Regina klang nun fast enttäuscht. »Und damit dürfte meine Torte ja nun auch unverdächtig sein, nicht wahr?« Sie griff nach ihrer Gabel, schob sich eine extra große Portion in den Mund und fixierte ihre Freundinnen herausfordernd.

Die beiden Damen blickten sich verschämt an und folgten dann ihrem Beispiel.

»Der Kaffee ist jetzt kalt«, kam es kleinlaut von Leokardia Wübbeke.

»Da müsst ihr durch«, entgegnete die Oberin hart. »Strafe muss sein.«

Erst als die Tassen ganz geleert waren, gab sie Schwester Viola ein Zeichen. Die schwebte herbei und goss Kaffee nach, während die Damen jede für sich mit ihrem schlechten Gewissen zu kämpfen hatten.

»Ich denke«, zeigte sich die Oberin schließlich versöhnlich, »dass uns auf den Schreck auch ein kleines Likörchen nicht schaden könnte, oder?«

Schwester Viola trat also erneut an den Tisch und füllte die Likörgläser mit der sirupartigen Flüssigkeit, um gleich darauf wieder zu ihrem Stuhl zurück zu schweben, während draußen ununterbrochen die Baumleichen geschreddert wurden.

Die Oberin hob ihr Glas und sagte: »Auf die Freundschaft!«

»Auf die Freundschaft!«, kam es kleinlaut zweistimmig zurück.

Katharina Kaufmann ließ der Mord an Monsignore Seibel offenbar keine Ruhe. »Fakt ist also, dass keine von uns den Monsignore ermordet hat.«

Zustimmendes Nicken der Damen.

»Fakt ist aber auch, dass er genau so umgebracht wurde, wie wir es – hypothetisch – geplant haben.« Sie deutete auf das Foto in der Zeitung. »Er wurde mit Digitalis vergiftet, dann in seinem wehrlosen Zustand zwischen die Tiere in der ›Lebendigen Krippe‹ geworfen und dort von ihren Hufen übel malträtiert – also auch erschlagen, bevor das Gift endgültig wirken konnte.«

»Aber er wurde nicht an der Domfassade ausgehängt!«, warf Leokardia Wübbeke mit erhobenem Zeigefinger ein.

»Nein, das nicht. Allerdings ist die ›Lebendige Krippe‹ ja wohl Ausstellungsort genug, nicht wahr? Hinzu kommt, dass es sicher kein stärkeres Symbol für die Rückbesinnung auf Jesus geben dürfte – von einer

Kreuzigung einmal abgesehen –, als den Ort, an dem das unschuldige Knäblein im Stroh der Krippe gelegen hat.«

»Sag mal, meine Liebe«, kam es lauernd von Schwester Regina, »worauf willst du eigentlich hinaus?«

»Das werde ich euch gleich erklären. Allerdings möchte ich niemanden zu Unrecht beschuldigen und deshalb habe ich zunächst ein paar Fragen.« Die Schulleiterin blickte die Oberin herausfordernd an und fuhr auf ihr zustimmendes Nicken hin leise fort: »Hat eine von euch irgendjemandem außerhalb dieses Zimmers von unseren Gedankenspielen erzählt?«

»Natürlich nicht!«, echauffierte sich Leokardia Wübbeke, während Schwester Regina nur schweigend den Kopf schüttelte.

»Und wir können sicher sein, dass auch Schwester Viola niemandem im Orden davon erzählt hat?«

»Absolut!«, beschied die Oberin. »Sie hält sich hundertprozentig an ihr Schweigegelübde.«

»Nun gut, dann gehen wir einmal ganz systematisch vor.« Katharina Kaufmann tippte mit dem Zeigefinger auf den Zeitungsartikel. »Monsignore Seibel ist wie von uns vorhergesagt am Montagabend nach seiner Messe auf den Weihnachtsmarkt gegangen und hat sich in der ›Lebendigen Krippe‹ geradezu häuslich niedergelassen. Nach Aussage der Betreiberin des Krippenausschankes sind drei Ordensschwestern in seiner Begleitung gewesen und der Pegel an ›Frommer Helene‹ hat sehr hochgestanden, als sie die Bude schließen wollte. Der Monsignore hat aber keinerlei Anstalten gemacht, die Örtlichkeit zu verlassen. Und auch die drei Nonnen waren offenbar in Hochstimmung und haben lautstark protestiert, als sie vor die Tür gesetzt werden sollten. Also hat die Budenbetreiberin sich auf Seibels Vorschlag eingelassen, dass er später das Schloss einfach zudrücken würde, und ist nach Hause gegangen.«

»Und dann kam es also zum Mord?«, hakte Leokardia Wübbeke interessiert nach.

»Genau.«

»Und warum?«

»Das wiederum verrät uns vielleicht das Foto.« Wieder tippte die Schulleiterin mit dem Zeigefinger darauf und erklärte auf die verständnislosen Blicke der beiden Damen: »Warum liegt Seibel zwischen den Tieren im Stroh. Was soll uns das wohl sagen?«

»Keine Ahnung«, antwortete Leokardia Wübbeke. »Vielleicht musste er nach so viel ›Frommer Helene‹ mal pinkeln.«

»Und dabei ist er von den Tieren totgetrampelt worden?« Die Schulleiterin schüttelte den Kopf. »Unsinn!«

»In der Krippe waren nach Aussage der Wirtin nur noch Seibel und die drei Nonnen.«

»Du willst also behaupten«, kam es nun mit gepresster Stimme von der Oberin, »die drei Schwestern hätten ihn umgebracht?« Sie lachte leise auf. »Lächerlich. Warum, bitte schön, hätten sie das machen sollen? Zumal sie ja dann auch noch zufälligerweise Digitalis dabeigehabt haben müssten. Und derartige Substanzen gehören nun wirklich nicht zur alltäglichen Ausstattung einer Ordensschwester.«

»Ich behaupte ja gar nicht, dass sie das Gift zufällig dabeigehabt haben. Die ganze Aktion war geplant.«

»Und wer, bitte schön, sollen die drei Schwestern gewesen sein?« Die Oberin stemmte die Hände in die Hüften, als bereite sie sich nun auf die Verteidigung ihres gesamten Ordens vor.

»Das dürfte durch reine Kombinationsgabe herauszufinden sein.« Katharina Kaufmann lehnte sich in ihren Stuhl zurück.

»Da bin ich aber mal gespannt«, entgegnete Leokardia Wübbeke mit einem leicht hämischen Grinsen, während Schwester Regina die Schulleiterin mit zusammengekniffenen Lippen fixierte.

Katharina Kaufmann nickte selbstbewusst lächelnd und fuhr an die Oberin gewandt fort: »Wenn ich mich recht entsinne, hast du, werte Regina, uns in der vergangenen Woche Schwester Violas Schweigegelübde erklärt. Demnach hat sie quasi von heute auf morgen beschlossen, nicht mehr zu sprechen. Gab es dafür einen äußeren Anlass?«

»Nun ja«, die Oberin blickte unsicher in Richtung der Ordensschwester, die auf ihrem Stuhl kauerte, als prasselten die Schreddergeräusche von draußen wie Schläge auf sie ein. »Das fällt sicherlich unter meine Schweigepflicht.«

»Warum? Hat sie es dir in der Beichte erzählt?«

Die Antwort kam etwas zögernd: »Das nicht.« Sie wiegte leicht den Kopf. Dann rang Schwester Regina etwas nach Luft und presste leise hervor: »Da ihr ja ohnehin keine Ruhe geben werdet und bevor ihr noch die arme Viola befragt: Es war bei allen drei Schwestern eine Reaktion auf die Missbrauchsfälle, die überall in der Kirche bekannt wurden. Sie waren so schockiert über die bodenlose Verwerflichkeit und die Scheinheiligkeit der kirchlichen Würdenträger, dass sie beschlossen, ein Zeichen zu setzen und fortan zu schweigen.«

»Das dachte ich mir.« Katharina Kaufmann legte nachdenklich den Zeigefinger auf ihre Lippen.

»Aha? Wieso dachtest du dir das?« Schwester Regina war sichtlich erstaunt.

»Reine Kombination. Du hast uns doch erzählt, dass sich Schwester Viola gleichzeitig mit dem Schweigegelübde umbenannt hat. Wie hieß sie denn vorher?«

»Schwester Virgina.«

Katharina Kaufmann nickte zufrieden. »Da sieht man wieder einmal, wie nützlich Lateinkenntnisse sein können: Virgina ist die Jungfrau und violare heißt schänden.« Sie hob wie zum Abschluss ihrer Beweisführung beide Hände. »Nun muss man ja nicht immer gleich das Schlimmste annehmen und die arme Schwester Viola selbst zum Opfer machen – zumal sie ja nicht alleine ein Schweigegelübde abgelegt hat. Aber dass es einen schockierenden Auslöser dieser Art geben musste, lag ja wohl angesichts ihres selbstgewählten Namens nahe.«

Schwester Regina und Leokardia Wübbeke blickten einander mit bewundernd großen Augen an.

»Allerdings verstehe ich die Verbindung zu unserem Monsignore noch nicht«, wandte die Oberin schließlich ein. »Er hatte schließlich mit all den fürchterlichen Vorgängen nichts zu tun.«

»Das nicht«, gestand die Schulleiterin. »Aber es geht hier ja auch um Grundsätzliches.«

»Jetzt verstehe ich!« Schwester Regina zog die Augenbrauen hoch. »Wir haben in ihrem Beisein all das aufgezählt, was sich nicht mit der reinen Lehre verträgt, die für uns Ordensschwestern, die wir allein dem Herrn dienen, völlig inakzeptabel sind.«

»Ganz genau.« Katharina Kaufmann kehrte die Handflächen nach oben. »Und dann kommt nun auch noch ein besonderes Verbrechen an der Schöpfung hinzu.« Sie deutet mit dem Kopf auf das Fenster. »Ist euch nicht auch aufgefallen, wie sehr unserer armen Viola das Gemetzel da draußen zusetzt? Die Schöpfung beschränkt sich ja nun beileibe nicht nur auf uns Menschen. Und da galt es nun ein weiteres Mal, ein Zeichen zu setzen.«

»Wegen ein paar Bäumen?« Leokardia Wübbeke schüttelte fassungslos den Kopf.

»Ich kann mir das auch nicht vorstellen«, meinte Schwester Regina. »Und eine Gegenüberstellung mit der Betreiberin der Krippe würde das auch garantiert widerlegen.«

»Würde sie nicht. Laut Zeitungsbericht hat die Krippenbetreiberin auf die Frage der Polizei gesagt, sie könne die drei Schwestern nicht näher beschreiben und werde sie als Nichtnonne garantiert auch nicht wiedererkennen. Das sei ja so, als solle jemand, der nicht gerade Ornithologe ist, drei bestimmte Pinguine inmitten einer ganzen Kolonie identifizieren.«

Leokardia Wübbeke gluckste leise vor sich hin, während es Schwester Regina vor Entrüstung die Sprache verschlug.

Als sie sich wieder gefangen hatte, schlug sie mit der flachen Hand auf den Tisch und verkündete siegessicher: »Das ist alles absoluter Unsinn!«

»Ach ja?«

»Ja! Du selbst, werte Katharina, hast doch eben den Gegenbeweis geliefert.«

»Da bin ich aber gespannt!«

»Du hast doch selbst erzählt, dass die drei Ordensschwestern lautstark gegen ihren Rauswurf protestiert haben, oder?«

Katharina Kaufmann nickte. »So steht es in dem Zeitungsartikel.«

»Eben! Und Schwester Viola und ihre beiden Kolleginnen haben, wie du selbst mehrfach genüsslich ins Feld geführt hast, ein Schweigegelübde abgelegt. Folglich können sie es gar nicht gewesen sein.« Triumphierend hob sie den rechten Zeigefinger und ergänzte: »Quod erat demonstrandum! – Falls du es auch noch auf Latein haben möchtest.«

»Ich gebe zu«, gestand Katharina Kaufmann, »dass dies der Schwachpunkt in meinem Gedankengebäude ist.«

Leokardia Wübbeke seufzte enttäuscht, während man Schwester Regina die Erleichterung geradezu ansehen konnte.

»Nun«, stellte die Oberin fest, »wir sollten uns damit abfinden, dass wir den Fall nicht lösen werden. Es ist ohnehin nur in schlechten Fernsehkrimis so, dass am

Ende die Gerechtigkeit siegt und der Täter überführt wird. Im richtigen Leben sollten wir das eine oder andere schlicht der höheren Gerichtsbarkeit überlassen.« Sie klatschte befreit in die Hände. »Zum Trost, meine Lieben, sollten wir uns jetzt ein kleines Likörchen gönnen, oder?«

Sie winkte Schwester Viola zu, die sich auch gleich mit der Likörflasche in der Hand auf den Weg zu ihnen machte und die Gläser füllte. Dann stellte sie die Flasche auf den Tisch und trat einen Schritt zurück.

»Worauf trinken wir also?«, fragte Leokardia Wübbeke und hielt ihr volles Glas hoch, wobei sie jedoch nicht glücklich wirkte. »Auf die humanistische Bildung unserer Freundin hier?«

»Ich bitte euch«, wehrte sich Katharina Kaufmann. »Das wäre dann doch zu viel der Ehre – zumal diese Bildung ja letztlich zu nichts geführt hat.«

»Dann auf Katharinas zwar erfolglose, aber dennoch recht erquickliche Kombinationsgabe«, schlug Schwester Regina vor.

Wieder winkte die Schulleiterin bescheiden lächelnd ab.

»Ich finde es einfach unbefriedigend, dass wir die Aufklärung des Falles nur wegen einer so kleinen Nebensache wie einem Schweigegelübde wieder in Frage stellen«, warf Leokardia Wübbeke grimmig ein. Sie dachte einen Moment sichtlich angestrengt nach und fuhr dann mit fester Stimme fort: »Wenn ihr mich fragt, sollten wir der Polizei wenigstens Katharinas Theorie mitteilen? Der Kommissar kriegt dann im Verhör schon raus, ob sich unser Verdacht bestätigt oder nicht. Glaubt mir, die

Schwestern reden schon, wenn man ihnen nur ordentlich zusetzt.« Dabei huschte ein Anflug von Genugtuung über ihr Gesicht, als sie feststellte, dass Schwester Viola bei ihren Worten leichenblass geworden war.

»Das sollten wir besser nicht machen«, entgegnete Katharina Kaufmann. »Sollte sich nämlich herausstellen, dass unsere liebe Schwester Viola hier und die beiden anderen Schwestern tatsächlich die Täterinnen sind, dann hätten wir drei den Modus Operandi haarklein ausgearbeitet und damit die Vorlage für den Mord geliefert.« Sie hob die Augenbrauen und blickte ihre Freundinnen vielsagend an. »Dafür wandern wir allesamt ins Gefängnis. Welcher Richter sollte uns wohl glauben, dass es sich nicht um gemeinschaftlich geplanten Mord handelt und wir die armen Geschöpfe nicht hinterhältig zu unserem Werkzeug gemacht haben?«

Schwester Regina nickte zustimmend.

Schließlich gab sich Leokardia Wübbeke mit nach oben gerichteten Handflächen seufzend geschlagen. »Zumindest hat es diesmal jemanden getroffen, der so einiges auf dem Kerbholz hat«, bemühte sie sich um das letzte Wort.

Wie zur Bestätigung steigerte sich draußen in einem grausamen Finale das Kreischen der Schredder, als sie die letzten sterblichen Überreste der 41 Baumriesen beseitigten.

»Immerhin hat die geschändete Natur indirekt ihren Anteil an der Tat«, ergänzte Katharina Kaufmann mit einem Blick aus dem Fenster. »Letztlich ist ja auch der Fingerhut ein Geschöpf Gottes.«

»Trinken wir also auf die ausgleichende Kraft der Kräuter«, schlug Schwester Regina vor und hob ihr Glas.

»Auf die Kräuter!« Kam es zurück.

Als sie die Gläser auf dem Tisch absetzten, bemerkten sie, wie still und geradezu friedlich es draußen plötzlich war. Und gleichzeitig schien es, als husche so etwas wie ein Lächeln über Schwester Violas Gesicht.

HALTLOSES WEISS

Thomas Schrage

›Schnee.‹ Das ist das Erste, was in seinem Kopf langsam Gestalt annimmt.

Übermächtig drückt Schmerz auf seine Schläfen. Die Augen hat er zu. Aber er spürt, dass er im Schnee liegt. Er fühlt die eisigen Kristalle unter den Händen und an der Wange. Durch die Kleidung dringt Kälte an seinen Bauch.

Der Schmerz in seinem Kopf ist so groß, dass er alles andere überdeckt. So unnachgiebig bohrt, dass er am liebsten sofort wieder in die abgründige Schlaftiefe abtauchen will, aus der er doch gerade erst aufsteigt.

Lange bleibt er bewegungslos liegen. Sehr lange. Vielleicht aber auch nur ein paar Sekunden. Er weiß es nicht.

Schließlich öffnet er die Augen einen Spalt. Sofort beißt Tageslicht. Unter Stöhnen kneift er die Lider wieder zusammen, so stark sticht der Kopfschmerz.

Zwecklos.

Nur mit Mühe gelingt es ihm schließlich, mit kurzen, schmalen Blinzlern einen Eindruck davon zu erhaschen, wo er überhaupt ist. Nur die Lider bewegt er, sonst nichts. Trotzdem muss er schwer dabei atmen. Er scheint irgendwo in einem Park oder Wald zu liegen. Kahle Bäume überragen ihn, er ahnt Büsche und Unterholz. Aber alles ist zugedeckt von einer ordentlichen Schicht Schnee.

Dann muss er sich ausruhen. Muss die Augen wieder für eine längere Weile geschlossen halten. Wieder bewegungslos bleiben.

Aber es drängt ihn, seine elende Situation zu ändern, zu verbessern. Er macht mehrere Anläufe, die Augen länger offen zu halten, den Kopf zu heben. Davon wird ihm schwindelig. Keuchend gelingt es ihm irgendwann doch.

Ja, es ist eine Art Stadtpark, in dem er liegt. Wie durch einen Schleier kann er ihn wahrnehmen. Im Sommer wird es hier größere Wiesen geben. Jetzt ist da eine durchgehende Schneedecke. Außen herum Untergehölz und Bäume, alles kahl. Es ist gar kein heller Tag, obwohl ihm der stechende Schmerz in den Augen das doch suggeriert hat. Es ist sogar äußerst trüb. Grau in Grau der Himmel, der in eine eisig-diesige Luft übergeht. Tief hängende Wolken. Schummriges Licht. Es wird später Nachmittag sein und es sieht aus, als ob es jeden Moment anfangen könnte, wieder zu schneien.

›Wo genau bin ich hier?‹, suppt es zäh durch seinen Kopf. Und dann folgt ein zweiter Gedanke, doch der schießt geradezu grell hinterher. ›Wer genau bin ich?‹

Er hat keine Erinnerung.

Er weiß nicht, wer er ist, wie er heißt, was er hier macht, wie er hergekommen ist! Vollkommener Gedächtnisverlust!

Die Lücke im Wissen ist fast wie ein neuer Schmerz in seinem Kopf. Gesellt sich zu den weiterhin pochenden Attacken an den Schläfen. Es ist eine Leere, die nicht sein darf. Angestrengt versucht er irgendetwas in sich wiederzufinden. Irgendetwas aufzurufen, das ihm Halt und Identität gibt. Aber da kommt nichts.

Jetzt sollte er eigentlich panisch werden. Hektisch aufspringen und die Hände vorm Gesicht zusammenschlagen. Doch das klopfende Dröhnen im Kopf ist viel zu mächtig, der benebelnde Schwindel zu groß und sein allgemeiner Zustand – das stellt er erst jetzt fest – viel zu elend. Sein Kreislauf ist im siebten Tiefkeller. Er selbst vollkommen entkräftet und matt. Da ist keine Energie für Panik.

Er muss seinen Gedächtnisverlust akzeptieren für den Moment. So wie es aussieht, muss er froh sein, überhaupt zu leben. Es muss ihm irgendetwas zugestoßen sein. Ein Unfall oder ein Anfall. Etwas Gewaltiges. Vielleicht ist er sogar immer noch in Gefahr.

Besorgt beginnt er sich umzuschauen. Die Welt taumelt durch den Schmerz weiter um ihn. Ein verzerrtes Bild in Schlieren. Aber er erkennt, dass der Schnee um ihn herum plattgetreten ist. Nicht weich und frisch gefallen. Hier gab es viel Bewegung. Doch sonst zu sehen gibt es erst mal nichts. Ächzend richtet er sich weiter auf und versucht hinter sich zu schauen.

Da ist ein Gebüsch. Ein paar Meter entfernt. Und an einer Stelle ist etwas anders an diesem Gebüsch. Es ist dunkler da. Der Schnee fehlt, ist von Bewegung abgeschüttelt worden. Und noch etwas ist nicht normal.

Er braucht eine entsetzliche Länge, bis er begreift: Da ist es rot. Da ist Blut!

Und noch mehr: Da liegt ein menschlicher Körper!

Jetzt ergreift ihn doch Panik. Das Herz schlägt bis zum Hals. Er will aufstehen und hinlaufen, aber sein Körper macht das nicht mit. Er knickt halb aufgerichtet wieder zusammen. Auf allen vieren nur kann er auf den Körper zurobben. Durch alle Schlieren und Martern hindurch.

Ein Mensch, ein lebloser Mensch. Und viel Blut. Eine riesige Lache. Spritzer überall drum herum. Es ist ein Bild des Grauens. Wirkt durch den benebelten Zustand hindurch.

Und es wird noch schlimmer: Der Körper, der da reglos liegt, ist der eines Kindes.

Je näher er herangekrochen kommt, desto wahnvoller wird der Anblick. Es ist wohl ein kleiner Junge. Aber das lässt sich nur erahnen. Er ist aufgeschlitzt. Mit einem Messer oder jedenfalls mit irgendetwas Scharfem ist ihm die Winterkleidung weggeschnitten und dann der Bauch geöffnet worden. Fleischlappen und undefinierbare, eklige Stränge sind verteilt. Auf das Gesicht des Kindes ist viele Male heftig eingestochen worden. Es ist völlig entstellt. Das Werk eines Irrsinnigen. Alles ist blutverschmiert und widerlich und vollkommen lebensfern.

Das Heranrobben war anstrengend und eine Qual, aber das jetzt ist übermächtig. Gedanken jagen durch seinen zitternden Körper. Was ist hier passiert? Wieso liegt er neben einer Leiche? Einer derartigen Leiche? Was soll er tun?

Wirr machen seine Hände Bewegungen in der Luft. Dabei fällt sein Blick zum ersten Mal auf sie – und er erstarrt, denn an ihnen klebt Blut. In großen Flecken haben sich rotbraune, schon getrocknete Krusten auf sie gelegt. Auf die Handinnen- und -außenflächen. Haben zwischen den Fingern dunkle Schatten gebildet.

Ein Laut des Entsetzens dringt aus seinem Mund.

›Was ist das für Blut?‹, durchschießt es ihn. ›Von dem Kind? Was soll das? Was ist hier los?‹ Er schreit innerlich geradezu. ›Ich hab doch nichts mit dem Tod von dem Jungen zu tun! Ich bin doch kein Kindermörder! Kein Schlächter! Was passiert hier?‹

Er weiß es einfach nicht. Er weiß überhaupt nichts. Weder wie er heißt, noch wer er ist, noch wie er hergekommen ist. Er sieht, was geschehen ist, sieht die Spuren an seinen Händen, sieht den Zusammenhang – aber das kann einfach nicht sein!

Er, ein Psychopath – das stimmt doch nicht!

Hastig schaut er sich um. Weiß nicht, was er sucht. Etwas Halt-Gebendes vielleicht. Hier in dieser haltlosen weißen Welt. Die sich verwaschen und trüb um ihn ausbreitet, die eine Finsternis darstellt, die man nicht mit den Augen sehen kann.

Völlig verblüfft bleibt sein Blick an einer männlichen

Gestalt hängen, die etwas abseits steht. Sie ist ihm zugekehrt, der Mann schaut ihn an. ›Wer ist das? Wie lange steht der schon da?‹

Die Gestalt ist eine Silhouette vor der trüb-weißen Landschaft. Es sind keine Einzelheiten zu erkennen. Und das weiterhin gegenwärtige Hämmern an den Schläfen verunklart den Blick zusätzlich. Schmächtig wirkt die Gestalt.

»Bleiben Sie, wo Sie sind«, kommt es herüber. Eine junge Stimme. Die eines vielleicht Zwanzigjährigen. Angespannt, alarmbereit.

Wortlos starrt jeder den anderen an.

»Das war so klar«, schließt die Stimme bebend an.

Ohne weitere Erklärung bleibt das stehen.

»Was war klar?« Es strengt an zu sprechen. Es ist mehr ein Würgen. Und der Kraftaufwand führt zu neuen Schwindelattacken.

»Dass Sie wieder zu sich kommen werden«, sagt die Gestalt. Neben der ängstlichen Wachsamkeit liegt auch Abscheu in der Stimme. Und Erschöpfung.

Gedanken versuchen sich zu festigen: Der junge Mann da vorne weiß, was hier passiert ist. Er ist Zeuge. Unwillkürlich sinkt der Blick runter zur blutüberlaufenen Kinderleiche neben ihm im Gebüsch. Wandert weiter zu seinen blutbesudelten Händen.

Will er wirklich hören, was der junge Mann weiß? Der da vorne steht um – ja, was eigentlich? Wohl um den Täter von der Flucht abzuhalten. Dann ist er ein mutiger Held, trotz der schlottrigen Schmächtigkeit.

›Täter.‹ Das Wort hallt scharf in ihm nach. Er reißt den

Blick los von der Kinderleiche, und die Augen gehen zurück zu der schmalen Silhouette.

»Sie waren die ganze Zeit hier?«, bemüht er sich verstehbar zu formulieren. Das Sprechen fällt immer noch schwer.

»Nein, ich bin weggelaufen.«

»Vor was?«

Die Gestalt abseits im Schnee stutzt ärgerlich. »Vor Ihnen natürlich.«

Erstarren. Er ist also tatsächlich jemand, vor dem man weglaufen muss.

Die Gestalt fügt noch etwas hinzu. »Sie haben mich verdammt heftig rangenommen.«

»Rangenommen?«

»Rangenommen, ja.« Wieder wird Verärgerung spürbar. »Als wir uns geschlagen haben, vorhin.«

Es hat einen Kampf gegeben. Das also ist es. Dabei muss er etwas abbekommen haben, was ausgelöst hat, dass in ihm alles wegradiert ist.

»Und warum geschlagen?«, bringt er nuschelnd hervor. Die Antwort fürchtet er.

»Wie ›warum‹? Was soll die ganze blöde Fragerei?«

Durch die Marter im Kopf hindurch versucht er eine Entscheidung zu treffen, was er jetzt erwidern soll. »Ich weiß nichts mehr.« Es bricht geradezu aus ihm heraus, auch wenn sein Kopf dröhnt. »Hab alles vergessen. Wer ich bin, wo wir sind … was ich getan hab.« Wieder geht sein Blick zu der Leiche. Der Anblick ist noch immer furchtbar, aber es wirkt fast erlösend, sich jemandem anzuvertrauen.

Die Sätze brauchen Zeit. Eine Weile bleibt die Gestalt abseits weiter bewegungslos. »Sie erinnern sich nicht?« Langsam, ganz langsam macht der junge Mann einen Schritt auf sein Gegenüber zu. »Im Ernst, jetzt?«

Er kommt näher. Wird erkennbar. Er ist wirklich jung. Ein schmaler Zwanzigjähriger, mit einem stillen, feinen Gesicht. Das einige Blessuren aufweist. Der Kampf ist auch an ihm nicht spurlos vorbeigegangen. Die Haare stehen wirr ab, Nase, Wangen, Mund, alles ist gerötet und geschwollen, ein Ohr hat am Ansatz zum Kopf einen offenen Riss, der lange Wintermantel ist verknittert, voller Schnee, Dreck und verschmierter Handabdrücke.

Im Blick des Jungen ist noch immer Wachsamkeit und Furcht zu erkennen, aber jetzt auch eine Winzigkeit faszinierte Neugierde. »Gedächtnisschwund. Wie krass.«

Ja, wirklich krass. Er kann nur nicht drüber lachen. Die innere Leere höhlt aus. Das Nichts ist haltlos, eine unversehrte Weite ohne jeden Fixpunkt. Tauber Schmerz.

Der Junge steht etwas entfernt. »Ich habe Ihrem Kopf ganz schön was verpasst, davon wird das kommen.«

»Aber, wer … was …« Hilflos flattert der Blick wieder zur Leiche. Die Nähe ist nicht mehr zu ertragen. Keuchend weicht er weg von ihr. Aus dem Gebüsch hinaus auf die offene Schneefläche. »Warum?«

Der Junge schaut unablässig. Als er weiterspricht, ist in seiner Stimme so etwas wie Mitgefühl. »Soll ich Ihnen alles erklären?« Er sucht nach einem Anfang.

»Wir sind hier nahe dem Padersee. Ich hab Sie überrascht, als Sie ...« Er weiß kurz nicht weiter. Dann deutet er zum blutbesudelten Gebüsch. »Dabei.«

Die endgültige Bestätigung ist doch noch mal wie ein Boxschlag in den Magen. »Nein! Ich will das ... Bitte nicht!« Impulsive Abwehr flammt hoch. »Bin kein Mörder!«

»Aber Sie wissen doch gar nicht, wer Sie sind.«

»Nein.« Tonlose Verzweiflung.

Der junge Mann wartet, bleibt aber wachsam, lässt sein Gegenüber keine Sekunde aus den Augen. Teilnahmsvoll versucht er, seine Zusammenfassung weiterzuführen. »Sie sind bekannt. Sie werden gesucht. Man kann alles über Sie lesen. Von Ihnen spricht man nicht nur hier in Paderborn, sondern in ganz Deutschland.«

Der Sinn der Worte bleibt unverständlich, löst nichts aus. Unverwandt starrt er auf zum Gesicht über sich.

Der junge Mann fährt fort. »Man nennt Sie den ›Schlitzer‹. Mit fünf Jungs haben Sie es schon gemacht wie mit dem da. Das ist Nummer sechs. Die ersten beiden wurden im Abstand von einem Dreivierteljahr im Riemekeviertel gefunden. Aber am selben Ort zu bleiben, war wohl auf Dauer zu riskant. Also wanderten Sie herum. Nummer drei, vier und fünf stammten aus unterschiedlichen Vororten. Jeden haben Sie in irgendein leer stehendes Gebäude gelockt. Der da ist der Erste, mit dem Sie unter freiem Himmel waren. Sie dachten wohl, bei dem fiesen Wetter kommt keiner vorbei.«

Atemlos hört er. Will am liebsten nicht wissen, was weiter kommt.

»Allen Jungs haben Sie heftige Schnitte in den Körper zugefügt. Kreuz und quer über die ganze Brust. Irgendwann auch die Bauchdecke geöffnet. Es ist von Mal zu Mal heftiger geworden. Zuletzt haben Sie die Gedärme rausgerissen, wie bei dem da. Wenn Sie dann fertig waren, hatten Sie die Organe in bizarre Ordnungen zurechtgelegt. Und immer waren es kleine Jungs. Acht, neun, zehn Jahre alt. Unschuldige, hilflose kleine Jungs, die Ihnen hoffnungslos unterlegen waren. Ausgeliefert sozusagen. Und hübsch waren sie immer. Weiche, runde, liebe Gesichter.«

Die Worte des jungen Mannes hämmern im Kopf. Schmerzen stärker als der reißende Schwindel bisher. Sie sind schlimmer als erwartet. »Nein! – Nein! Das bin ich nicht!«

»Seit fast zwei Jahren geht das jetzt so. Die Stadt ist völlig aufgebracht. Alle fürchten sich vor Ihnen. Vor dem ›Schlitzer‹! Die Polizei setzt alles in Bewegung, was sie hat, denn Sie können offenbar nicht aufhören. Doch trotz, dass eine Riesenfahndung läuft: Bis jetzt sind Sie nicht zu fassen gewesen. Keiner weiß, wer Sie sind und wann Sie wieder zuschlagen. Und deshalb ist Paderborn in Aufruhr. Völlig in Panik. Auch die ganze Republik schaut auf unsere Stadt. Endlich einmal.«

Das Gehörte verschwimmt zu einem Rauschen, das alles überflutet. Er droht in Bewusstlosigkeit zu versinken. Die Wahrnehmung verengt sich zu einer dunklen Schwärze. »Nein«, ächzt er, »das bin ich nicht. Ich will das nicht.«

»Aber jetzt hab ich Sie gefunden. Ich habe sie gestört.

Unterbrochen bei Ihrem Treiben. Ich bin ein Spaziergänger, den das schlechte Wetter nicht stört und mit dem Sie nicht gerechnet haben. Jetzt ist die Wahrheit ans Licht gekommen. Ich werde Sie der Polizei übergeben und die quälende Suche hat endlich ein Ende. Die Unsicherheit und Unruhe, der man ständig ausgesetzt ist, wird vorbei sein.«

Der junge Mann ist fertig. Aber seine Anwesenheit dringt ohnehin kaum noch durch. Die Finsternis hat gewonnen und alle Kraft geraubt. Apathisch kann da nur noch im Schnee gekauert werden, die Hände um den Kopf gelegt, die Augen fest zusammengepresst. »Ich bin ein Monster.«

»Ja. Das sind Sie.«

Lange regt sich nichts. Nur die Stille bleibt bestehen und wird so gewaltig, dass die eisige Luft beinahe hörbar zu werden scheint.

Langsam, ganz allmählich, klingt die Schwärze etwas ab. Übrig bleiben weiterhin der Schmerz im Kopf und eine Taubheit im Denken.

»Und jetzt wurde ich gefunden.«

»Werden Sie mitkommen?«

»Mitkommen? Wohin?«

»Wenn ich Sie von der Polizei holen lasse.«

Ein gefühlloses Schulterzucken. »Muss ich doch. Das darf doch nicht verhindert werden.«

Wieder flattert sein Blick zu dem dunklen Bereich im Gebüsch, doch er will nicht hinsehen und wendet den Kopf schnell ab. In die andere Richtung schaut er auf makelloses Weiß: Eine glatte, unversehrte Schneedecke und erst in einiger Entfernung weiteres Gehölz. Ein verirrter Gegenstand muss etwas abseits hingeflogen sein. Ein Ästchen vielleicht. Da ist die wattige Schicht leicht durchpflügt. Ansonsten erstreckt sie sich rein und unberührt.

Der junge Mann nickt zufrieden. »Dann kommen Sie.« Er macht einen Schritt und streckt die Hände helfend aus.

So soll er also beginnen, der Gang in die Gefangenschaft, vielleicht der Gang in psychiatrische Behandlung auf Lebenszeit, jedenfalls der schwerste Gang des Lebens, das doch so kurz war, weil es vorhin erst aus einer Ohnmacht erstanden ist. Ohne Erinnerung an das Leben davor wird er dieses Leben hier verwirkt haben, kurz nachdem es für ihn überhaupt angefangen hat. Betäubt schaut er von unten an der Gestalt über ihm hoch, die noch immer die Hände entgegengestreckt hält. Nie wird er diesen Augenblick vergessen. Sämtliche Details brennen sich ein: Das jugendliche Gesicht mit dem ermunternden Blick. Darunter der dunkelgraue Wintermantel aus gutem Kaschmir, jetzt verzogen und verzerrt durch den Kampf, besudelt mit Abdrücken blutiger Finger. Die sich ihm entgegenreckenden dunkelgrauen Ärmel, aus denen zwei Hände herausschauen, beide ebenfalls blutbefleckt.

Dumpf lässt ihn etwas zögern, die Hände zu ergreifen. »Wie ist das eigentlich gewesen?« Es strengt noch immer an zu sprechen, doch der Gedanke muss formuliert werden. »Als Sie mich überrascht haben? Unser Kampf dann und alles?«

Die entgegengestreckten Hände zögern kurz, dann sinken sie. »Wie das gewesen ist? Tja, Sie kauerten da am Gebüsch. Ich hab Sie gesehen bei dem, was Sie gemacht haben. Während Sie mitten dabei waren. Ich hab dann vor Entsetzen gebrüllt. Sie sind aufgeschreckt und herumgefahren. Und dann haben Sie sich auf mich gestürzt und wir haben aufeinander eingeschlagen.«

»Aber«, fragt er mühsam nach, »wenn ich mitten dabei war, hatte ich doch ein Messer in der Hand?«

»Ja. Nein. Das Messer haben Sie verloren. Ich habe danach getreten. Es flog weg.«

»Und dann haben wir aufeinander eingeschlagen?«

»Genau. Und gerungen im Schnee. Ich konnte ein paar schwere Treffer auf Ihren Kopf landen. Auf einmal blieben Sie auf mir liegen und haben sich nicht mehr bewegt. Da hab ich Sie zur Seite gestoßen und bin weggelaufen. Den Rest kennen Sie.«

Etwas rumort im Kopf. Ein Bild ist auf einmal da. Das junge Gesicht des anderen ganz nah vor sich. Wutverzerrt. Nur ein Blitzlicht. Ein Moment aus der Vergangenheit, den er plötzlich wieder sehen kann. Er spürt auch die Bewegung des anderen wieder – wie der mehrmals die Faust auf seine Schläfe krachen lässt. Er kann das tatsächlich wieder sehen. Doch mehr Erinnerung will sich nicht versammeln. Trotzdem ballt sich Gegenwehr zusammen. Irgendwo in sich spürt er Widerspruch. Und der setzt Energie frei.

Er schaut wieder den anderen an. Dessen Mantel. Dessen Hände, die blutbefleckt sind. Er sieht jetzt: Die eine Hand ist komplett verkrustet, genauso wie seine eigenen Hände, die andere ist es nur an der Außenfläche.

»Warum sind wir beide blutbesudelt? Dass es meine Hände sind, ist klar. Aber wieso Ihre?«

Der junge Mann schaut verblüfft. Dann klärt sich seine Miene. »Ich bin erst zu dem Kind hin. Ich wollte schauen, ob ich es noch retten kann.«

»Bevor wir dann gekämpft haben?«

»Genau.«

»Sie versuchen, dem Kind zu helfen, obwohl ich daneben stehe mit einem Messer in der Hand?«

Der junge Mann denkt nach. »Nein. Es war so: Erst habe ich nach dem Messer getreten und Sie weggestoßen, dann habe ich nach dem Kind geschaut, dann haben Sie sich auf mich gestürzt und wir haben gekämpft.«

Ist das endlich korrekt erinnert oder noch immer falsch? Irgendetwas stimmt nicht. »Und Sie haben das Kind angefasst, als Sie nach ihm schauten?«

Der junge Mann denkt nach. »So muss es gewesen sein. Daher das Blut an meinen Händen. Ich habe wohl geglaubt, ich könnte noch irgendwas versorgen. So genau weiß ich das nicht.«

Widerstand. Was stimmt nicht? Die eine Hand des jungen Mannes – die rechte nämlich – ist an der Handinnenfläche frei von Blut. Wenn er das Kind angefasst hat, müssten doch beide Hände innen fleckig sein.

Die Erkenntnis kommt wie ein grelles Zucken. »Das Messer! Sie hatten das Messer in der rechten Hand. Deshalb ist die Innenfläche sauber.«

Der junge Mann schaut verwundert auf seine Hand. »Ich werde sie zur Faust geballt haben.«

»Nein!« Die Gewissheit ist plötzlich vollkommen. »Sie hatten das *Messer* in der Hand! *Sie* sind der Mörder, nicht ich! *Sie* sind – der ›Schlitzer‹!« Es kann nur so – es muss so sein.

Der junge Mann schaut. Kein Gefühl spiegelt sich auf seinem Gesicht. Völlige Leere.

Die Erkenntnis entspinnt sich weiter, wie von selbst. »*Sie* sind der Psychopath! Trotz dass Sie so unschuldig aussehen. Ich habe Sie bei *Ihrer* Tat gestört. *Ich* habe Ihnen das Messer aus der Hand getreten. Und *ich* habe dann nach dem Kind geschaut. Daher das Blut an meinen Händen. Und dann haben Sie sich auf *mich* gestürzt und wir haben gekämpft. Was wahr ist: Sie haben mich bewusstlos geschlagen und sind weggelaufen. Und dann sind Sie wiedergekommen, weil Ihnen das zu gefährlich war: Ein noch lebender Tatzeuge und eine verlorene Tatwaffe.« Kurz muss er unterbrechen. Zu sehr strengt ihn alles an. Das Überstürzen der Gedanken, das Hervorbrechen der Worte. Aber noch ist er nicht fertig. »Und dann erkennen Sie, dass ich mich nicht mehr erinnern kann. Und da wittern Sie Ihre Chance: Sie versuchen, mir Ihr Verbrechen unterzuschieben! Ich soll glauben, der Täter *Ihrer* Morde zu sein. Damit Sie nicht mehr Angst zu haben brauchen, gefunden zu werden. Damit die Sucherei ein Ende hat!« Er wischt sich Schweiß von der Stirn. »So und nicht anders ist es. Es muss so sein. Und jetzt rufen wir die Polizei tatsächlich. Aber festgenommen werden Sie, nicht ich! *Sie* werden eingesperrt! Mit psychiatrischer Behandlung auf Lebenszeit!«

»Irrsinn!«

Ohne jedes Voranzeichen kommt der junge Mann plötzlich auf ihn zugestürzt. Greift an seine Kehle. Völlig unvorbereitet ist keine große Gegenwehr möglich. Er fällt nach hinten. Und nur, weil der junge Mann mitfällt, gelingt es ihm, sich aus dessen würgenden Händen zu befreien.

Ungeschicktes Rollen über den schneebedeckten Boden. Blut pocht schmerzhaft an den Schläfen. Aufrappeln, hochkommen. So schnell es irgendwie geht.

Hinter ihm ein Zornesschrei. Einen Haken schlagen – der Angriff geht vorbei.

Rennen, was die schlaffen Beine hergeben. Irgendwohin. Über die makellos weiße Decke hinweg.

Ein Griff im Nacken. Im Losreißen noch einen Haken schlagen.

Er kommt an die Stelle, an der er vorhin bemerkt hat, dass der Schnee hier durchpflügt wirkt, weil etwas hingeflogen ist. Jetzt sieht er: Es ist das Messer. Ein großes, schweres Küchenmesser. Solide Markenware, sicher teuer.

Eine Waffe.

Er greift danach, fährt rechtzeitig vor dem nächsten Angriff herum. Und im selben Augenblick weiten sich die Augen des jungen Mannes, dessen Gesicht direkt vor ihm steht. Dessen Hände sich vor Schmerz in die Oberarme seines Gegners krallen. Dann sinkt dessen Körper nach hinten, zieht dabei sein Gegenüber mit, beide fallen, schlagen hart aufeinander, dass sich das Messer noch tiefer in die Brust des jungen Mannes drückt.

Letzte Krämpfe zucken übers Gesicht.

»Ich habe recht, nicht wahr?«, schreit er den jungen Mann an. »Sie sind der Mörder, nicht ich. Sie sind der ›Schlitzer‹!« Die Leere im Kopf, die da nicht sein darf, aber da noch immer schmerzt, schreit mit.

»Oder?«

Doch der andere antwortet nicht mehr.

DU SOLLST NICHT TÖTEN!

Joachim H. Peters

Sein schlechtes Gewissen trieb ihn vor sich her wie der Wind die Blätter. Dass es kein gutes Ruhekissen war, hatte es bereits in den letzten Nächten bewiesen. Schlafloses Herumwälzen war etwas, das er bisher nicht gekannt hatte. Doch seit Monaten war sein Schlaf immer schlechter geworden und niemals mehr so tief wie früher. Aber seit zwei Tagen hatte er das Gefühl, überhaupt keinen Schlaf mehr zu finden. In dieser Nacht war er erst in den frühen Morgenstunden endlich eingeschlafen, was er aber nur daran merkte, dass er wieder aufwachte.

Müde hatte er die Beine aus dem Bett gehoben und war mehrere Minuten lang, den Kopf in die Hände gestützt, auf der Matratze sitzen geblieben. Da war ein Gedanke, der ihm nicht aus dem Kopf ging. Warum nur konnte man eine Tat, eine verdammte, aus dem Affekt heraus begangene Tat, nicht rückgängig machen? Das Leben war ungerecht. Man konnte tausend gute Dinge tun, doch wenn man nur einen einzigen schwerwiegenden Fehler gemacht hatte, waren sie plötzlich alle vergessen.

Mühsam erhob er sich und schleppte sich ins Bad. Das übernächtigte Gesicht, das ihn aus dem Spiegel anblickte, ließ ihn schaudern. Unter den wirr abstehenden Haaren und um die geröteten Augen herum war es grau, die schwarzen Bartstoppeln um den Mund herum ließen es dreckig aussehen. Er fühlte sich so, wie er aussah. Elend.

Entgegen früherer Gewohnheiten, schaltete er den Radiowecker, aus dem sonst das Programm von Radio Hochstift zu hören war, nicht ein, sondern begnügte sich lediglich mit einem Blick auf dessen digitale Anzeige. 8.30 Uhr.

Heute hatte er frei. Früher hätte er sich darauf gefreut und bereits Tage vorher schon Pläne geschmiedet, was er damit anfangen sollte. In der letzten Zeit war ihm diese Aufgabe abgenommen worden. Nicht nur jeden freien Tag, sondern auch die tägliche Freizeit nach der Arbeit hatte er im Krankenhaus zugebracht. Bisher hat es keinen freien Tag gegeben, an dem er nicht dort gewesen war, um sie zu besuchen. Zuletzt allerdings konnte er den Geruch von Desinfektionsmitteln, die leicht stickige Luft im Krankenzimmer und ihr mitleiderregendes Aussehen nicht mehr ertragen.

Sie war einmal sehr schön gewesen, für ihn sogar die schönste Frau der Welt. Sie war es, die sein Herz berührt hatte, die ihn so genommen hatte wie er war, mit allen Fehlern und Unzulänglichkeiten, und die ihn liebte.

Und er? Er hatte in ihr alles gefunden, was er gesucht hatte. Sie war so fürsorglich zu ihm wie seine Mutter, so attraktiv wie ein Filmstar, so verlässlich wie der sprichwörtliche Fels in der Brandung und er liebte sie ebenfalls.

Aber in ihrer Brust hatte nicht nur ein großes Herz für ihn geschlagen, sondern auch dieser bösartige Tumor, der letzten Endes dafür sorgte, dass ihr gemeinsames Leben endete und ihre Zukunftspläne wie Seifenblasen zerplatzten. Die Ärzte hatten ihm anfangs noch recht große Hoffnung gemacht, doch als die Chemotherapie nicht den gewünschten Erfolg zeigte, sank ihre gemeinsame Zuversicht so schnell wie ihre Werte.

Dann war alles sehr schnell gegangen. Es wurde für ihn immer schwieriger, ihren Verfall mit anzusehen. Sehen zu müssen, wie ihr Lebensmut ebenso starb wie ihre Schönheit. All das hatte ihn fertig gemacht. In der letzten Nacht hatte er sich gefragt, ob das sein Handeln gerechtfertigt hatte.

Er warf einen letzten Blick in den Spiegel, bevor er den Wasserhahn aufdrehte. Das kalte Wasser, das er sich geistesabwesend ins Gesicht spritzte, ließ ihn zusammenfahren. Es machte ihm erschreckend deutlich, dass er heute nicht ins Krankenhaus gehen musste. Nicht heute. Nicht morgen. Nie wieder. Und nicht zum ersten Mal durchzog ihn wieder dieser eine Gedanke. Ob es nicht vielleicht besser wäre, ihr zu folgen.

Später am Tag lief er ziellos durch die Stadt, wurde hin und wieder irgendwo angeschwemmt wie menschliches

Treibgut, doch immer zog es ihn weiter, getrieben von seinem schlechten Gewissen. Als er irgendwann mit dem Rücken gegen den Mülleimer des Bratwurststandes auf dem Domplatz stieß, war es, als würde er aus einem Tagtraum erwachen. Wie in Trance war er bei seinen täglichen Irrläufen durch die Stadt auf dem Weihnachtsmarkt gelandet. Plötzlich stieg ihm der Geruch von gebrannten Mandeln, Bratwürsten und Glühwein in die Nase. Und zusammen mit seinem Geruchssinn schien auch sein Gehör zurückzukehren. Er hörte Weihnachtsmusik, Kinderstimmen und sah um sich herum lauter fröhliche Gesichter.

Er konnte sich nicht erklären, wie er hierher geraten war, aber es war keine Umgebung, die seiner Stimmung entsprach. Gehetzt blickte er sich um und hatte das Gefühl, allerseits von der vorweihnachtlichen Fröhlichkeit umringt zu sein. Fast panisch wandte er sich um und steuerte auf den Dom zu. Die schweren hölzernen Türen des Paradiesportals erschienen ihm auf einmal wie der Eingang zum Paradies selber. Schnellen Schrittes lief er die Treppen hinab und stürzte auf sie zu.

Der kalte Griff der schweren Holztür schien ihn etwas zu beruhigen und er schaffte es, sie langsam aufzudrücken und ebenso langsam hineinzugehen, anstatt hineinzustürzen. Nachdem er den Windfang passiert hatte, stand er im Hohen Dom zu Paderborn. Stille umfing ihn. Beruhigende Stille.

Er spürte, wie sich sein Herzschlag langsam beruhigte. Hier drinnen war es wärmer als draußen, und ein unterschwelliger Geruch von Weihrauch lag in der Luft. Fast ehrfürchtig blickte er zum 19 Meter hohen Gewölbe hinauf. Es war, als ob das große Gotteshaus einen Sog auf ihn ausübte, als ob es ihn in sich hineinzog, und er gab diesem Sog erstaunlich leicht nach.

Es war ruhig im Dom, auf dem Altar brannten sechs Kerzen und auf verschiedenen Bänken saßen ein paar ältere Frauen, von denen sich eine neugierig zu ihm umdrehte. Langsam wanderte er weiter. Aber es waren nicht die vielen Skulpturen, die kunstvoll geschmiedeten eisernen Tore, die Bildnisse oder die seitlichen Kapellen, die ihn beeindruckten, auch nicht das kunstvolle Fürstenberg-Grabmal, das hoch über ihm aufragte, es war die majestätische Stille des Doms. Eine Stille, die plötzlich von einem leise einsetzenden Orgelspiel abgelöst wurde.

Aber die einsetzende Musik war nicht störend, keine jähe Unterbrechung der Stille, sondern eher so, als ob das Wasser nach der Ebbe langsam und zögerlich an den Strand zurückkehrte. Sanfte Töne, die in seine Seele flossen.

Er war schon lange nicht mehr im Dom gewesen, eigentlich in gar keiner Kirche. Warum auch? All seine Gebete hatten sich als sinnlos erwiesen, als überflüssig. Daher wunderte er sich, dass er nun hier war. Langsam wanderte er im Seitenschiff an den Bankreihen vorbei und näherte sich dem Abgang zur Krypta. Vorsichtig, ja fast bedächtig stieg er die Stufen hinab und blieb stehen. Er erinnerte sich zwar wieder, dass sie eine der größten Hallenkrypten in Deutschland war, aber so groß hatte er sie nun doch nicht mehr in Erinnerung gehabt. Sein

Blick wanderte durch den Raum und blieb am Altar hängen, unter dem sich, wie er wusste, in einem Ebenholzschrein die Reliquien des Heiligen Liborius befanden. Als er sich abwenden wollte, sah er, wie die Tür eines der Beichtstühle geöffnet wurde und ein Geistlicher heraustrat.

Plötzlich kam ihm ein Gedanke. Vielleicht war beichten ja die Lösung seiner Probleme. Sich endlich alles von der Seele reden, mit der Last des Gewissens nicht mehr allein sein. Er eilte auf den älteren, schwarz gekleideten Mann zu und hatte schon Angst, dass er sich ihm entzog, doch der Priester schien ihn bemerkt zu haben, denn er drehte sich zu ihm um und lächelte ihn an.

»Was kann ich für Sie tun?« Der Geistliche blickte den Mann aufmerksam an und wusste bereits vor dessen Antwort, warum er hier war. Dafür übte er dieses Amt schon ziemlich lange aus. Er bemerkte, dass der Mann zögerte und ihm die Worte nur schwer über die Lippen kamen. »Ich ... also ich glaube ...«, sein Gegenüber atmete tief durch, wie um sich Mut zu machen, »... ich möchte beichten.«

»Dann kann ich Ihnen helfen«, entgegnete Domvikar Brauer und deutete auf den Beichtstuhl. »Die Zeit für die Beichte ist zwar bereits vorbei, aber ich habe den Eindruck, dass es wichtig für Sie ist, sich zu erleichtern. Bitte kommen Sie!« Langsam steuerte er auf den Beichtstuhl zu und wartete, bis sein Besucher seinen Platz gefunden hatte. Für ein paar Sekunden schwiegen beide. Brauer wartete geduldig, bis dem Mann einfiel, was er zu tun hatte, um das Ritual zur Gewissenserleichterung in Gang zu setzen.

»Im Namen des Vaters und des Sohnes und des Heiligen Geistes. Amen.«

Brauer nickte dem Sünder hinter dem hölzernen Gitter bestätigend zu und begann zu beten. Doch er hatte den Eindruck, als erreichten seine Worte den Mann nicht. Er schien Angst vor dem zu haben, was als Nächstes von ihm erwartet wurde, und diese Angst hatte ihn fest im Griff.

»Ich bitte Gott um Vergebung, denn ich habe gesündigt. Meine letzte Beichte liegt schon viele Jahre zurück, doch jetzt bekenne ich in Reue meine Sünden.« Den beiden Sätzen folgte ein tiefer Seufzer.

»Erzähl mir davon, mein Sohn. Nur Gott wird unser Zeuge sein.«

Brauer wusste, dass manche Menschen diese Bestätigung noch einmal brauchten, hatten sie doch nicht selten Angst vor anderen weltlichen Strafen.

Die Stimme des Mannes klang gepresst.

»Hochwürden, ich habe gegen das fünfte Gebot verstoßen. Ich habe getötet.«

Der Domvikar zuckte hinter dem Gitter erschrocken zusammen. Natürlich hörte er öfter etwas von Völlerei, Ehebruch oder Betrügereien seiner Schäfchen, aber noch nie hatte ihm jemand einen Mord gebeichtet. Brauer fühlte einen Moment der Unsicherheit. War er überhaupt in der Lage, dem Mann diese Beichte abzunehmen?

»Was … was hast du getan, mein Sohn?« Er bemerkte,

dass seine eigene Stimme mit einem Mal brüchig klang. Sein Gegenüber seufzte noch einmal tief. Brauer hatte den Eindruck, als ob er bereits jetzt, schon nach den ersten Sätzen seines Geständnisses, befreiter atmen konnte.

»Ich arbeite als Krankenpfleger in einem Altenheim und hoffe, Sie haben Verständnis dafür, wenn ich Ihnen den Namen des Heimes nicht nenne. Ich bin für die Station der Patienten zuständig, die noch ziemlich fit sind. Meine Kolleginnen und ich betreuen 15 alte Menschen, 13 Damen und zwei Herren. Eine von ihnen, ihr Name ist Helene, die ...«

Plötzlich brach er ab. Dem Mann wurde anscheinend bewusst, dass er einen Fehler gemacht hatte.

»Eine von ihnen *war* Helene, nun lebt sie nicht mehr.«

Domvikar Brauer wartete darauf, dass sein Schützling weitersprach, denn er wusste nicht, was er sagen sollte, und die Fortsetzung der Beichte ließ auch nicht lange auf sich warten.

»Helene war eine ruhige und unauffällige Person. Wir haben da ganz andere, die sind dement, manche streitsüchtig, andere sind gebrechlich und machen viel Arbeit, aber Helene war nicht so. Sie hatte ein Einzelzimmer am Ende des Ganges. Ihr Sohn hat es für sie ausgesucht und gemietet. Die Einrichtung unterscheidet sich deutlich von dem der anderen Zimmer. In denen stehen ein paar Möbel aus den Wohnungen der alten Menschen und dazu nur das Krankenpflegebett, aber Helenes Zimmer sah ganz anders aus.«

Während er weitererzählte, war der Blick des Sünders in die Ferne gerichtet.

»Ihr Sohn hat vor ihrem Einzug alles auf eigene Kosten renovieren lassen. Ihre Wände waren nicht weiß, sondern hatten einen sanften Cremeton. Sie besaß einen teuren Fernsehsessel und hatte einen großen Flachbildfernseher für sich alleine, obwohl wir einen Fernsehraum haben. Die Gardinen vor ihrem Fenster wurden extra ausgemessen und handgenäht und die Teppiche vor ihrem hochmodernen Pflegebett waren sicherlich teurer als die gesamte Einrichtung in manch anderem Zimmer.«

»Ihr Sohn scheint sie sehr geliebt zu haben?« Vikar Brauer sprach leise, so als wolle er den Beichtenden nicht unterbrechen.

»Ja, er hat sie sehr geliebt. Er kam jeden Tag. Brachte jeden Tag etwas für Sie mit. Pralinen, Blumen, Zeitschriften, Bücher. Meist kam er spät abends nach der Arbeit. Sie müssen wissen, er besitzt eine Apotheke.«

»Hier in Paderborn?«, begehrte Brauer zu wissen. Doch statt die Frage beantwortet zu bekommen, hörte er nur einen Namen. Der Domvikar musste bei dessen Nennung schlucken. Er kannte den Apotheker, doch der reuige Sünder unterbrach seine Gedanken durch eine Frage.

»Kennen Sie den Eid eines Apothekers?«

Der Vikar schüttelte den Kopf. Erstaunt musste er sich eingestehen, dass er zwar den Hippokratischen Eid der Ärzte kannte, aber nichts über einen solchen bei Apothekern wusste.

Die Stimme des Mannes hinter dem Gitter wurde plötzlich lauter.

»Ich habe ihn gelesen. Die Apotheker schwören der Menschheit zu dienen und die Ideale und Verpflichtungen ihres Berufes zu erfüllen. Außerdem, dass sie sich in allen Dimensionen ihres Lebens von den höchsten Standards des menschlichen Verhaltens leiten lassen werden.«

»Woher wissen Sie das?« Der junge Mann schien sich anscheinend genau auszukennen.

»Diesen Eid hat der Internationale Apothekerverband im Jahre 2014 herausgegeben. Können Sie im Internet nachlesen.« Der Mann hinter dem Gitter machte eine kurze Pause, so als müsse er sich die nächsten Worte erst ins Gedächtnis rufen.

»Aber er geht noch weiter. Sie schwören, dass sie all ihr Wissen und alle Fähigkeiten benutzen, um die Gesundheit und das Wohlbefinden derer, denen sie dienen, zu fördern.« Er redete sich langsam in Rage. Dann lachte er bitter auf. »Aber der größte Hohn kommt noch: Sie schwören, dass sie die Bedürfnisse derer, denen sie dienen, immer über ihre eigenen Interessen stellen werden.«

Brauer sah, dass sich das Gesicht des Beichtenden gerötet hatte. Seine Stimme war lauter geworden.

»Beruhigen Sie sich«, forderte er ihn auf, »erzählen Sie mir lieber, was das alles mit dieser Helene zu tun hat.« Er hatte bemerkt, dass der Mann in sich zusammengesackt war.

»Ich habe sie getötet, weil ich ihm etwas nehmen wollte, dass er liebte.« Brauer schreckte zurück. Es kam ihm plötzlich vor, als säße der Satan auf der anderen Seite des Beichtstuhles.

»Sie verstehen den Zusammenhang nicht, oder?« Der Mann fuhr sich mit seinen Händen fahrig durch das Gesicht. »Gut, dann will ich es Ihnen erklären. Vor einigen Tagen kam heraus, dass Patienten, die eine Chemotherapie benötigten, Medikamente erhielten, die gepantscht waren. Derjenige, der sie erstellte, hat sie gestreckt, um möglichst viel davon verkaufen zu können. Dadurch war natürlich in jeder Dosis nur eine ganz geringe Menge Wirkstoff, und obwohl es noch nicht bewiesen ist, gehen schon jetzt etliche Ärzte davon aus, dass diese minderwertigen Medikamente den Tod von vielen krebskranken Menschen verursacht haben. Oder andersrum gesagt, sie haben nicht dazu beigetragen, sie zu heilen. Sie haben nur dazu beigetragen, den Reichtum des Apothekers zu erhöhen, der sie erstellt hat.«

Der Mann schnaufte nun aufgeregt. »Sie erinnern sich noch an den letzten Satz des Apothekereides, in dem sie schwören, dass sie die Bedürfnisse derer, denen sie dienen, immer über ihre eigenen Interessen stellen werden, oder?«

Brauer nickte nachdenklich, langsam wurde ihm vieles klar. »Und dieser Apotheker war der Sohn von Helene, nicht wahr?« Er wartete das Nicken des Mannes ab, erst danach fuhr er fort. »Wie haben Sie sie getötet?«

Der Mann schnaufte verächtlich. »Das war einfach. Ich habe ihr einfach eine mehrfach überhöhte Dosis eines Herzmedikamentes gespritzt. Etwas, das ihr altes Herz nicht mehr verkraftet hat.«

Brauer schluckte und betrachtete den Mann genauer.

Es war das erste Mal, dass er einem leibhaftigen Mörder gegenüber saß.

»Sie hat nicht gelitten, es ging sehr schnell. Außerdem war sie schon alt, über 90.«

»Aber trotzdem darf man keinen Menschen töten!«, wandte der Geistliche impulsiv ein.

»Als Priester müssten Sie doch eigentlich den Spruch ›Auge um Auge, Zahn um Zahn‹ aus dem Alten Testament kennen, oder?«

»Natürlich kenne ich den, aber was hat das mit Ihnen zu tun? Woher nehmen Sie das Recht, über andere Menschen zu richten? Sie sprachen doch vorhin selber vom fünften Gebot: Du sollst nicht töten!«

»Mit seiner Geldgier und seinem kriminellen Verhalten hat er vermutlich auch das Leben meiner Frau auf dem Gewissen, denn auch sie bekam ihre Medikamente von ihm.«

Der Priester schloss erschrocken die Augen. Auge um Auge, Zahn um Zahn. Du nimmst mir, was ich liebe, ich nehme dir, was du liebst. Im gleichen Moment wurde ihm etwas klar. Für einen Moment war ihm so, als würde ihm schwarz vor Augen. Nur mühsam fasste er sich wieder.

»Mein Sohn, was du gemacht hast, musst du mit dir und Gott ausmachen. Ich kann nicht gutheißen, was du getan hast, aber ich kann es verstehen und daher überlasse ich es dir, welche Buße du verrichten willst.«

Der Kopf des Mannes hinter dem Gitter ruckte hoch. Kein Vorwurf? Keine Entrüstung? Mit alldem schien er gerechnet zu haben, sogar mit dem Vorschlag des Priesters, sich sofort der Polizei zu stellen, aber keinesfalls mit einer solchen Reaktion.

Domvikar Brauer hob die Hand und schlug das Kreuzzeichen.

»Gott, der barmherzige Vater, hat durch den Tod und die Auferstehung seines Sohnes die Welt mit sich versöhnt und uns den Heiligen Geist zur Vergebung unserer Sünden gesandt. Durch den Dienst der Kirche schenke er dir Verzeihung und Frieden. So spreche ich dich los von deinen Sünden. Im Namen des Vaters und des Sohnes und des Heiligen Geistes.«

Noch gänzlich überrascht machte der Mann hinter dem Gitter ebenfalls schnell das Kreuzzeichen und antwortete mit einem leisen »Amen«. Als Brauer sich anschickte, den Beichtstuhl zu verlassen, folgte er ihm. Schweigend stiegen sie nebeneinander die Treppe der Krypta hinauf.

Als sie im Seitenschiff angekommen waren, legte Brauer ihm seine Hand auf die Schulter. »Gehe hin in Frieden, mein Sohn.«

Der Mann blickte dem Geistlichen in die Augen. »Danke, Hochwürden, aber ich muss zugeben, ich habe aufgrund meiner Beichte eine ganz andere Reaktion von Ihnen erwartet.«

Brauer drehte sich zum Altar um, bekreuzigte sich und wandte sich ihm dann wieder zu.

»Meine Schwester ist vor drei Wochen an Krebs gestorben. Auch sie hat Medikamente von diesem Apotheker bekommen.«

DER TINTENKILLER

Christian Jaschinski

Mein Name ist Doyle.

Hieronymus C. Doyle.

Direkt unterhalb meiner Wohnung befinden sich die Büroräume meiner Detektei, sodass ich Job und Privates zu trennen in der Lage bin und dennoch die Vorteile eines kurzen Arbeitsweges genießen darf.

Ich kann verstehen, dass Menschen an meinem reichen Erfahrungsschatz teilhaben wollen. Denn mein Leben ist genauso, wie Sie es sich vorstellen: aufregend und lebenswert. Unzählige Male wurde ich in den vergangenen Jahren gefragt und gebeten: »Mr. Doyle, bitte erzählen Sie uns von Ihren spektakulärsten Fällen. Schließlich sind Sie der Beste.«

Das stimmt. Und genauso steht es auf meiner Visitenkarte:

Hieronymus C. Doyle
Private Ermittlungen
Ich bin der Beste!

Dieser Tage liegt mein wohlverdienter Ruhestand bereits in Sichtweite, und so will ich Ihnen heute von einem geheimnisvollen Fall erzählen, der die Welt der Nachrichten, Bücher und Zeitungen bis ins Mark erschütterte. Dank meiner umsichtigen und mit diskreter Cleverness durchgeführten Ermittlungen konnte das weltumspannende Problem schnell und von der Öffentlichkeit nahezu unbemerkt gelöst werden.

Dieses verdammte Jahr 1991 endete, wie es begonnen hatte. Im Winter. Was nicht weiter verwunderlich war, man musste es sich nur einmal anschauen: Egal, ob man von vorn nach hinten oder von hinten nach vorne las. Wie man es auch drehte oder wendete. Immer kam 1991 heraus. Eins. Neun. Neun. Eins.

Die Bekloppten hatten ihr Leben schon gleich am Jahresanfang ruiniert. Der 9. Januar fiel auf einen Mittwoch, und es schien unumgänglich, dass man in diesem Jahr dringend geschichtsträchtig heiraten musste. 9.1.91. Nun – ich verrate kein großes Geheimnis, wenn ich sage, dass über die Hälfte dieser Ehen längst in der dicken Suppe des Vergessens und Vergangenen für immer versunken sind. Ist vermutlich auch besser so.

Sei's drum. Richten wir also den Blick auf das ereignisreiche Jahresende.

Wie es der heilige Primzahlgott wollte, fiel der erste Advent auf den ersten Dezember. Oder umgekehrt. Wer vermag das schon zu sagen? Jedenfalls handelte es sich um einen Sonntag, an dem dunstige Nebelschwaden durch das Paderquellgebiet zogen. Es wurde den ganzen Tag nicht richtig hell. Die Temperatur erreichte in den späten Mittagsstunden unentschlossene fünf Grad. Primzahlsonntag.

Als ich am Abend dieses trüben Adventstages meine Wohnung in der Straße verließ, die einem ganzen Viertel seinen Namen gab, stahl sich fieser Nieselregen an der Krempe meines Borsalinos vorbei, und auch der hochgeschlagene Kragen meines Trenchcoats vermochte die Feuchtigkeit nicht von der Haut meines Halses und Gesichtes fernzuhalten. Zum Glück hatte ich es nicht weit zu meiner Eckkneipe, die sich, wie der Name schon sagt, gleich um die Ecke befand.

Der Abend brachte angenehme Unterhaltung, denn ein junger Mann saß auf der Bühne und erzählte allerlei wirres Zeug über das Mysterium des Dreihasenfensters unseres Hohen Doms zu Paderborn. Es war gnädigerweise nicht allzu lästerlich, was angesichts der Tatsache, dass mein Viertel und damit auch meine Kneipe quasi im Schatten des Doms lagen, insgesamt einigermaßen akzeptabel erschien.

Der junge Mann begann seinen Vortrag mit den unsicheren Worten: »Ja, hallo erst mal! Ich weiß gar nicht, ob Sie's wussten, aber ...«

Klar, dass er nicht wusste, was ich weiß. Niemand weiß das. Nur ich. Was auch gut so ist. Mein Wissen würde die Menschheit überfordern, darum erzähle ich Ihnen meine Geschichten nur in kleinen Häppchen. Alles auf einmal wäre ja quasi so, als wollte man einen Liter Gin mit einem Schwung in ein Schnapsglas füllen. Welch eine Verschwendung.

Nach der Vorstellung habe ich den jungen Burschen

kurz beiseite genommen. Die Überlegung, ihm ein Bier zu spendieren, verwarf ich schnell wieder, denn ich vermutete, dass das dürre Kerlchen sicherlich nicht viel vertrug. Was ich aber für ihn hatte, war ein Rat aus meinem unerschöpflichen Vorrat an Lebensweisheit und einen ermunternden Schulterklopfer auf die schmalen Schultern: »Wenn Sie das noch ein bisschen üben, wird das vielleicht eines schönen Tages mal was.« Man ist ja nett zu Anfängern.

Tja, was soll ich sagen? Ich sollte recht behalten.

Am nächsten Morgen saß ich um Punkt 8 Uhr an meinem Schreibtisch.

In diesem Jahr, so hatte ich mir vorgenommen, würde es ein ruhiger Advent werden. Einige Aufträge waren abzuschließen. Dabei ging ich stets so vor, dass ich nach der letzten Besprechung mit dem Mandanten zunächst die Abschlussrechnung erstellte und anschließend den entsprechenden Bericht eloquent, aber sachlich in mein Diktafon sprach. Beides übergab ich dann meiner Assistentin Sonja Born, die es in unserem neuen elektronischen Datenverarbeitungsgerät ins Reine schrieb und hernach ausdruckte. Die alte Schreibmaschine hatten wir gemeinsam ins Archiv verbannt.

Eben jene Assistentin betrat eine Stunde nach mir die Detektei und begann umgehend, mit dem Öffnen und Schließen von Schreibtischschubladen und Schranktüren sowie Aktenordnergeklappere eine geschäftige Atmosphäre zu zaubern. Eine Tür mit Milchglasscheibe trennte mein Büro vom Empfangsbereich, über den Sonja Born herrschte. Die Tür dämpfte die Geräusche jenseits der Tür, aber nur so weit, dass ich trotzdem wusste, was vor sich ging und die Kontrolle behielt.

Ich würde meine Assistentin – nur ein einziges Mal habe ich den Fehler gemacht und sie Sekretärin genannt – lieber mit Robin ansprechen. Denn es gilt ja der alte Leitsatz: Wenn du Hieronymus C. Doyle sein kannst, sei Hieronymus C. Doyle. Außer du kannst Batman sein. Dann sei Batman.

Aber da ich Hieronymus C. Doyle bin, muss ich nicht Batman sein. Fledermäuse sind mir ohnehin nicht geheuer. Aber mir gefällt die Geschichte mit Sidekick Robin. Irgendwann werde ich sie fragen, ob ich sie Robin nennen darf.

Die Frau, die an diesem diesigen Montag gegen 10 Uhr meine Büroräume aufsuchte, konnte man guten Gewissens als Dame bezeichnen. Ihren Hut legte sie nicht ab, wohl aber durfte ich ihr aus dem hellbraunen Kaschmirkurzmantel helfen, unter dem sie ein figurnah geschnittenes dunkelblaues Kostüm mit goldenen Knöpfen trug. Der Rock umspielte ihre Knie mit der perfekten Länge zwischen elegant und aufreizend.

»Man hat mir zugetragen, Sie seien der Beste«, brachte sie mit weicher und gleichzeitig klangvoller Stimme vor. Ein wenig rau. Ich hätte ihr stundenlang zuhören können.

»Da haben Sie richtig gehört«, sagte ich in der mir eigenen Bescheidenheit. »Sie können es sogar lesen, denn hier steht es Schwarz auf Gold.« Langsam und mit ausgesuchtem Nachdruck schob ich ihr eine meiner sorgfältig geprägten Visitenkarten über den antiquarischen Kirschholzschreibtisch.

»Darf ich?«, fragte sie. Allerdings wartete sie meine Antwort darauf nicht ab und zog eine Schachtel Gauloises aus der Handtasche, klopfte eine Zigarette heraus und steckte sie in die elfenbeinfarbene Spitze. Dann wartete sie.

Ich nahm die Streichhölzer, die auf meinen Chesterfields neben dem silbernen Aschenbecher lagen, der sich in unmittelbarer Nachbarschaft zu einem der wichtigsten Utensilien eines Meisterdetektivs befand: meinem froschgrünen Tastentelefon, dessen weinrotes Pendant vorne bei Sonja Born stand. Mit einer fließenden Bewegung erhob ich mich, umrundete meinen Schreibtisch, zündete gleichzeitig ein Hölzchen an und gab der Dame Feuer.

»Möchten Sie einen Kaffee? Oder einen Tee?«

Sie verzog das Gesicht und sagte mit energischer Abscheu in der Stimme: »Danke, nein. Hat mir Ihre Sekretärin auch schon angeboten. Ich mag weder billigen Filterkaffee noch labberigen Beuteltee.«

Autsch. In zweifacher Hinsicht. Man hat ja einen Ruf zu verlieren.

Jenseits der Glasscheibe war das Zuknallen einer Schreibtischschublade zu hören.

Ich dachte an die wackelige Kaffeemaschine, deren Farbton irgendwo zwischen Vanillegelb und einem kaum definierbaren Beige einzuordnen war, und den leicht verkalkten Wasserkocher. Die durchaus berechtigte Beleidigung schluckte ich herunter und sagte: »Meine Assistentin hat ein erlesenes Gespür bei der Auswahl exquisiter Heißgetränke ...« Alles in allem war das tatsächlich Sonjas einzige Schwäche. Ich hatte sie noch nie etwas anderes als Cola trinken sehen. »... und so können Sie zwischen der ausgezeichneten Röstung einer Bremer Manufaktur ...«, soweit ich mich erinnern konnte, belieferte Tchibo die Republik von Bremen aus, »... und einem hervorragenden Earl Grey wählen, dessen Blätter genau zu dem Zeitpunkt gepflückt werden, wenn sie mehrfach vom chinesischen Morgentau benetzt wurden.« Ich hätte dem Herrn Albrecht Nord längst meine Dienste als Werbetexter anbieten sollen.

Mein Gegenüber schüttelte energisch den wohlgeformten Kopf, legte eben jenen leicht in den Nacken, um drei kreisrunde Rauchringe auszustoßen, und sagte: »Ich bin nicht zum Kaffeekränzchen hier.«

Ich lehnte mich in meinem Schreibtischstuhl zurück und sah sie auffordernd an. Mir wäre ebenfalls nach einer leichten Nikotindosis gewesen, aber ich hielt mich professionell zurück.

Erneut öffnete sie ihre Handtasche, griff hinein und legte fünf Zeitungen auf die polierte Kirschholzoberfläche meines Schreibtischs. ›Die Zeit‹, ›Die Welt‹, ›Le Monde‹, die ›Financial Times‹ und die ›Süddeutsche Zeitung‹. Selbstredend erkannte ich sowohl den Klotz von einer Wochenzeitung als auch die vier Tageszeitungen. Unter anderem daran, dass ja der Name des jeweiligen Blattes in großen Lettern auf dem oberen Rand der Titelseite prangten.

Dann sah mich die Dame schweigend an, griff erneut in die Handtasche, deren äußeres Maß in keinster Weise den Rückschluss auf das innere Volumen zuließ, und legte drei Bücher auf die Zeitungen: ›Sturmhöhe‹, ›Vom Winde verweht‹ und ›Moby Dick‹. Also allesamt Bücher, wie ich blitzschnell kombinierte, die etwas mit Luftbewegungen, Landschaft und Wasser zu tun hatten. Sie nahm die Zigarette vom Rand des Aschenbechers und zog daran. Es knisterte, als die Glut rot aufglühte und sowohl Papier als auch ein Teil des getrockneten Nachtschattengewächses verbrannte. Sonst war nichts zu hören. Selbst von Sonja nicht.

Ich schaute auf die Druckwerke. Dann zu der Dame. Wieder zu den Büchern und Zeitungen.

Okay. Jetzt müsste ich also merken, was nicht stimmte.

Was jedoch nicht passierte. Scheibenhonig, vermaledeiter!

Ich starrte auf die Zeitungen und schlug ›Moby Dick‹ auf. Aber entweder verließ mich ausgerechnet in diesem Moment mein messerscharfer Verstand oder jene schicksalsträchtige Verbindung zwischen Sehnerv und visuellem Cortex.

Irgendetwas schien anders. Ich wusste allerdings nicht, was.

Benutz dein Hirn! Tu etwas! Du musst dir keine Sorgen machen. Hirn nutzt nicht ab, wenn du es benutzt. Im Unterschied zu Autoreifen zum Beispiel, Zigaretten oder einer Rolle Klopapier. Diese Tatsache scheint vielen Menschen nicht bekannt zu sein.

Doch so sehr ich meine grauen Zellen auch anfeuerte, ich hatte keinen Schimmer, was die elegante Dame von mir wollte. Ging es um eines der Themen in den Schlagzeilen? Oder die innere thematische Verbindung zwischen den Büchern?

Nachdenklich rieb ich mir mein Kinn und wiegte leicht den Kopf.

»Hm«, sagte ich. »Das ist wirklich faszinierend.«

»Ja, richtig«, sagte sie. »Da liegt das Problem.«

Ich nickte. Ein erneutes: »Hm.« Und dann: »Können Sie mir sagen, wie es dazu kam?«

»Roman erwischte es zuerst.«

»Hat Roman auch einen Nachnamen.«

»Roman ist der Nachname. T. N. Roman.«

»T. N.?«

»Ja, Times New Roman.«

»Merkwürdiger Name.«

»Er war auf dem Weg nach Helvetica, als es passierte.«

»Faszinierend.« Wenngleich ich Wiederholungen üblicherweise ermüdend finde, versuchte ich mit Mr. Spocks Ansage die Dame zum Fortfahren zu bringen.

»Dann Garamond.«

»Garamond. Ah so. Ist das der vollständige Name?« Ich wurde mutiger. »Und ist es ein Planet oder wirklich nur ein Mond?«

Die Dame verzog das Gesicht. »Nein, nur Garamond. Wie Madonna, Sting, Cher …«

»… oder Bono.«

Sie nickte.

»Verstehe.« Im Vorzimmer fiel etwas lautstark zu Boden. Ja, verdammt. Ich hatte mir diesen Vormittag auch anders vorgestellt.

»Wem fiel es zuerst auf?«, wollte ich wissen.

»Zunächst den Franzosen, dann den Iren und ganz zum Schluss den Amerikanern.«

Ich nahm an, dass sie nicht von Gebäck sprach.

»Deutschland?«

»Irgendwann dazwischen.«

»Und was soll ich nun …?«

»Es gibt eine Lösegeldforderung.«

»In welcher Höhe?«

»Von einem Meisterdetektiv hätte ich schlauere Fragen erwartet.«

»Ich muss den gesamten Sachverhalt kennen.«

»Fünf Millionen. Jeweils. In Dollar, Francs, Pfund und D-Mark.«

Im Vorzimmer hörte ich die Tasten der Rechenmaschine klappern. Suchaufträge erledigt meine Detektei grundsätzlich nur gegen prozentuale Beteiligung, es sei denn, ein entsprechender Geschäftswert ist nicht ermittelbar oder der Anteil liegt unter meinen üppigen Tagessätzen. Im vorliegenden Fall wäre ein 15-prozentiger Anteil an dem nicht ausbezahlten Lösegeld ein lohnendes Jahresend-Engagement.

»Wie genau lautet die Forderung?«

»Wenn wir nicht bis Samstag, zwölf Uhr, die gesamte Geldsumme zahlen, werden alle Serifen dieser Welt im Meer versenkt.«

»Welches Meer?«

»Das wissen wir nicht.«

»Ich werde es herausfinden.«

»Darum bin ich hier.«

»Wer ist wir?« Es wurde Zeit, dass die Dame sich erklärte.

»Ich vertrete CICERO. Die wohl mächtigste international agierende Buchstabenlobby der Welt.«

»Und CICERO steht für …?«

»CICERO. Es ist kein Akronym.«

Ich bin ein gebildeter Mann. Habe in die tiefsten Abgründe der menschlichen Seele gesehen und Fälle aufgeklärt, an denen sich Scotland Yard die Zähne ausgebissen hätte. Aber ich wusste weder, was Serifen sind noch was ein Akronym ist, ahnte es jedoch. Das musste für den Moment genügen. Alles andere konnte ich später mit Sonja Borns Hilfe klären. Einfache Rechercheaufgaben gehörten in das Hoheitsgebiet meiner Assistentin.

»Und nun möchten Sie, dass ich den Entführer finde, damit Sie das Lösegeld nicht bezahlen müssen.«

»Er ist kein einfacher Entführer.« Die Dame in Marineblau deutete energisch auf die vor ihr liegenden Zeitungen. »Er ist ein Killer. Ein Tintenkiller. Denn, wie Sie hier sehen, sind diese Zeitungen allesamt ihrer Serifen beraubt, und wie Sie wissen sollten, ist nichts so alt wie die Zeitung von gestern.«

»Und eben jene vorgestrigen zusätzlich zu den heutigen, die morgen ebenfalls gestrige und übermorgen gar vorgestrige sind, sowie die morgigen, die übermorgen wiederum gestrige sind, und so fort«, ergänzte ich und nickte wissend.

»Wir verstehen uns.«

»Und Sie sind damit zu mir gekommen …?«

»… weil Sie eben der Beste sind.«

»Was ist mit der Polizei?«

»Keine Polizei.«

»Warum nicht?«

»Wir wollen, nein, wir müssen die Serifen wiederhaben. Die vergangenen und die zukünftigen.«

»Das Lösegeld?«

»Lasse ich Ihnen per Boten zukommen.«

»Hm«, sagte ich und lehnte mich entspannt zurück.

Sie funkelte mich an: »Ihre Aufgabe wird es sein, falls Sie den Auftrag übernehmen, die Serifen sicherzustellen und der Publizistik wieder zuzuführen. Sollten Ihnen oder Ihrer Assistentin dabei etwas zustoßen, wird CICERO jegliche Beziehung zu Ihnen leugnen.«

20 Minuten später waren alle Auftragspapiere unterzeichnet. Es war Advent, und wir hatten einen Auftrag, dessen zu lösendes Problem riesig war und dessen entsprechender Geschäftswert bei Weitem alles bisher Dagewesene übertraf. Zur Bestätigung wehten die Glocken des Doms ihr Elf-Uhr-Lied zu uns herab.

Sonja schob eine frisch beschriftete Diskette in das Laufwerk unseres ATARI Mega ST1 und startete die Formatierung. Jeder neue Fall hatte eine neue Disk verdient. Das grenzte zwar häufig an Ressourcenverschwendung, weil viele Fälle weniger als einen Megabyte Speicherplatz benötigten, aber Ordnung musste sein. Ich fragte mich, ob uns dieser Tintenkiller sogar mehr als eine Diskette abverlangen würde.

Während der Formatierungsvorgang lief, erklärte Sonja mir: »Serifen, mein lieber Doyle, sind geschwungene oder eckige Endstriche an den Buchstaben. Du würdest sie vielleicht einfach als Häkchen bezeichnen. Dadurch wird die Lesbarkeit durch einen besseren Lesefluss erhöht, man könnte auch sagen, die Serifen an den Buchstabenstrichenden imitieren somit die Schreibschrift.«

Man würde sehen, ob unser Textverarbeitungsprogramm »Signum« ebenfalls betroffen war. Reichte der Arm des Tintenkillers bis in das Diskettenlaufwerk meines Computers?

»Es muss Myriaden Serifen auf der Welt geben. Wo können sie sein, und wie werden sie transportiert?«

»Was ist mit dem Motiv?«

»Geld«, sagte ich.

»Dumm«, sagte Sonja.

»Wir werden sehen und die Täter zunächst einmal weder über- noch unterschätzen.«

Zu Mittag gönnte ich mir frische Luft und Bewegung in Form eines kleinen Spaziergangs hinauf am Dom vorbei und über den Platz vor dem Dom gen Einkaufsmeile. Einer gewissen Bezeichnungslogik folgend und dennoch von hoher Einfallslosigkeit geprägt, wurde jene Fläche vor dem Dom »Domplatz« genannt. Ökonomisch versierte Händler boten hier allerlei adventliche oder weihnachtliche Lustbarkeiten feil. Vermutlich hängt die Zuordnung davon ab, ob ich den Lebkuchen in der Vorweihnachtszeit, die gemeinhin als Advent bezeichnet wird, oder an den Weihnachtstagen selbst verspeise.

Hernach führte mich mein Weg auf den Rathausplatz, wo ich den gewaltigen Weihnachtsbaum bewunderte, der etwas asymmetrisch vor den drei Giebeln unseres historischen Rathauses stand. Die Gestaltungselemente der Giebel ließen unschwer den Schluss auf die Herkunftsepoche der Weserrenaissance zu. Faszinierend.

Da ich einerseits noch mehr Bewegung wünschte und andererseits den Drang nach etwas zu essen verspürte, schlenderte ich die Westernstraße hinunter bis zum ›Kump‹, einem einfachen Bistro, das nach dem Brunnenimitat vor dem Rathaus benannt worden war. Zwischen gackernden Studentinnen nahm ich ein leichtes Mittagessen ein. So gestärkt und durch die Bewegung an der frischen Luft mit sortiertem Gedankengut versehen, erstand ich auf dem Rückweg noch eine Tüte gebrannte Mandeln für Sonja Born, über die sie sich höchst entzückt nach meiner Rückkehr direkt hermachte.

Auf dem Weg zurück hatte ich jedoch nicht nur eine kleine Lustbarkeit für meine Assistentin erstanden. Nein, unterwegs sein bedeutet für einen Meisterdetektiv stets auch Arbeiten. Und so hatte ich sowohl einen Abstecher in die Buchhandlung meines Vertrauens als auch die Redaktionsräume der heimischen Zeitung unternommen. Das düstere, von der Dame zuvor gemalte Bild über die Serifenlosigkeit von Fließtexten wurde ausnahmslos in allen stichprobenartig untersuchten Texten bestätigt. Ich fühlte mich wie ein Betrachter von Picassos »Guernica«: bedroht, betroffen, bedrückt und – ja, ich gebe es zu – auch beeindruckt.

Das Problem war also tatsächlich real. Ergo musste ich es lösen.

Ich zündete mir eine Chesterfield an. Das war stets, als würde ich den Zündschlüssel herumdrehen und den Motor starten.

Draußen hatte sich die Dunkelheit über die Domstadt gelegt und Sonja war nach Hause gegangen. Adressentechnisch war ich zu Hause. Wohnungstechnisch nicht. Aber das hielt mich nicht von der Arbeit ab. Der Job des Ermittlers war erst beendet, wenn der Fall gelöst war.

Ich telefonierte mehrere Stunden herum. Glücklicherweise arbeiten Redakteure ja viel des abends und des nachts, sodass ich zum günstigen Tarif nach 18 Uhr anrufen konnte.

Dienstagnachmittag traf ich meine Informantin, die ich immer dann traf, wenn es einen Grund zum Treffen gab. Große Probleme gehörten dazu. Richtig große. Monstermäßige Probleme. Nur die kamen für sie infrage. Als wir uns das erste Mal trafen, traf sie mich. Am Kinn. Mit ihrer Schulter. Während die Rolltreppe aufwärts fuhr, ich jedoch abwärts taumelte.

Anna Bohliker war ein Kerl von einer Frau, und allein ihr Anblick führte bei manchen Problemen dazu, dass selbige sich freiwillig trollten. Du triffst nicht Anna Bohliker. Anna Bohliker trifft dich. Wo und wann immer sie will. Und dann ist es besser, sie ist nicht sauer auf dich.

Wenn wir uns treffen, ist unser Treffpunkt der zweite Vorschaukasten vor dem Capitol Kino in der Leostraße 39. Ecke Kilianstraße, schräg gegenüber den Bahnschranken.

»Pssst.« Das sagte sie immer als Erstes. Ab dann wurde nur noch geflüstert. Ich fand ja flüstern recht auffällig. Aber die Zusammenarbeit mit ihr war stets höchst zielführend. Da fragte man besser nicht. Also nickte ich nur zur Antwort. Wir hatten ja bereits alles am Telefon geklärt.

Unauffällig gab sie mir den flachen Umschlag mit der Diskette, und im Gegenzug bekam sie die voluminösere Variante mit 2.000 Mark in 20-Mark-Scheinen.

Der Inhalt der Diskette führte mich zu Gaston Bateau, Chefredakteur einer kleinen französischen Provinzzeitung namens ›La Province‹, die irritierenderweise zu einem Kaff im Norden der Normandie gehörte. Bis dahin hatte ich immer gedacht, die Normandie wäre der französische Norden, aber was soll's. Es gibt ja auch Ostwestfalen.

Gaston Bateau übermittelte mir die Kontaktdaten von Iwan Andropow, dem Boss einer militärischen Splittergruppe des sich in Auflösung befindlichen KGB. Iwan Andropow weilte in Tanger in Marokko, was bekanntlich zu Nordafrika gehört.

Von dort verfolgte ich die Spur nach Kuba, wo ich endgültig fündig wurde. Der Diktion vorstehender Ausführungen folgend wäre das also Nord-Südamerika. Alles passierte im Norden ominöser Länder. So sollte es bleiben, und so sollte es enden.

Warum also Kuba? Weil ER dort Quartier genommen hatte: Karl-Heinz Graf, genannt Kalli Graf, der geniale Meisterdieb, Täuscher und Oberschurke. Keine Strafverfolgungsbehörde dieser Welt hatte je seiner habhaft werden können. Und der große Serifenraub sollte nun eine weitere, eine gewaltige, vielleicht gar die finale Kerbe in seinem Gewehrkolben werden.

Wenn – ja wenn er nicht diesen einen klitzekleinen Fehler gemacht und Jorge Gonzales beleidigt hätte, der mir noch einen Gefallen schuldete. Nun hatte meine Zielperson ein Gesicht und einen Namen.

Neben dem Honorar für Anna Bohliker würden mich die Telefonkosten im Dezember ruinieren, sollten meine Auftraggeber eine miese Zahlungsmoral haben.

7. Dezember. Samstag. 11.45 Uhr. T – 15.

Endlich stand ich am Kai. Bewusst hatte ich mich zuvor mit einem vergnüglichen Vormittag in Hamburgs Innenstadt abgelenkt. Ein alter Trick von mir, um die Konzentration auf den Fall zu einem bestimmten Zeitpunkt und auf einen speziellen Ort zu fokussieren. Der Kaffee an der Binnenalster war zwar nur durchschnittlich gewesen, aber etwas anderes hatte ich von der touristisch orientierten Restauration auch nicht erwartet. Dafür hatten mich der Anblick der nahezu trocken gefallenen Fleete und die Schaufenster dekadenter Flagship-Marken-Stores bei einer abwechslungsreichen Schlenderei durch die hanseatische City entschädigt.

Die MS DOS war bereits vor einiger Zeit eingelaufen. Mir lag der Zeitplan der Hafenmeisterei vor, nach dem nun endlich die Ausschiffung beginnen sollte. Ungewöhnlich für ein Kreuzfahrtschiff war die schwarze Lackierung. Lediglich der Name sowie weitere Markierungen prangten in bernsteingelben Lettern am Rumpf des Schiffes. Ob es schon vor dem Verbrechen eine serifenlose Schrift gewesen war oder ob der Tintenkiller auch vor Schiffsnamen nicht Halt gemacht hatte, vermochte ich nicht zu sagen.

Soweit ich das erkennen konnte, waren alle Fenster geschlossen. Unter keinen Umständen durfte ich den Übeltäter verpassen, wenn er von Bord ging. Wie und wo er die Serifen versteckt hatte, war noch unklar, aber das würde sich ergeben. Man arbeitet nicht als Meisterdetektiv, wenn man nicht schnell, klug und überlegt auf sich verändernde Situationen reagieren kann.

Ich steckte mir eine weitere Chesterfield an. Es war nicht das Nikotin, das mich süchtig gemacht hatte. Nein, das leichte Lakritz-Aroma hatte es mir angetan sowie das Ritual als solches. Erneut holte ich das Bild aus meiner Trenchcoat-Innentasche. Nach diesem Gesicht würde ich Ausschau halten müssen. Das war er: Kalli Graf, der berüchtigtste Trickdieb auf dem Planeten. Nun allerdings war er zu weit gegangen. Er war zum Tintenkiller geworden. Das war kein Kavaliersdelikt. Oh, nein. Das war ein ausgewachsenes Kapitälchen, das weit über den Satzspiegel hinausreichte.

Ein Mann kam gemessenen Schrittes die Gangway herunter. Ein einzelner Mann. Keine fröhlich eingehakten Paare nach erholsamer Zeit auf See. Keine sich vordrängelnden Rentner, denen die Zeit davonlief.

Es gab nur eine einzelne Person auf der Gangway, die diese fast in Zeitlupe hinabschritt. Weißer Anzug. Weißer Hut. Schwarzes Hemd. Schwarze Seele. Kalli Graf. Meine Zielperson.

Ein Schusterjunge schob sich in das Bild. Mit einer Handbewegung bedeutete ich ihm, sich aus der Gefahrenzone zu bewegen. Er verstand. Besser für seine Gesundheit.

Als der Schurke vor mir stand, sagte er: »Doyle.«

Ich: »Graf.«

Er nickte.

Ich ließ meine Kippe fallen und trat sie aus. Mehr Symbolismus als Realität.

Graf grinste breit. Davon konnte sich der Joker eine Scheibe abschneiden. »Kommen wir zum Geschäft.«

»Wo sind die Serifen?«

»Wo ist mein Geld?«

Ich hielt ihm einen Schlüssel hin.

»Hauptbahnhof?«, wollte er wissen.

»Hauptbahnhof«, bestätigte ich.

»Gut.« Er griff nach dem Schlüssel und zeigte auf das Taxi mit laufendem Motor hinter mir. »Fahren wir.«

Ich schüttelte den Kopf. »Jetzt Sie.«

»Ich will das Geld sehen.«

»Das dachte ich mir«, sagte ich und holte ein Polaroidfoto aus der Innentasche meines Trenchcoates.

Er lachte. Jokerlachen zum Quadrat.

Ich zuckte mit den Schultern. Den Bluff hatte ich mir gut zurechtgelegt. »Die Menschheit kommt mit an Sicherheit grenzender Wahrscheinlichkeit ohne Serifen aus. Aber gilt das auch für Sie in Bezug auf finanzielle Mittel? Sie haben sicher Auslagen gehabt. Das, so muss ich Ihnen zugestehen, war ja kein einfacher Coup.«

Er verzog verächtlich die Mundwinkel und zog einen karierten Zettel aus der Hosentasche. »Burchardkai. Sechs Container. Hier sind die Positionen.«

»Das glaube ich Ihnen nicht.«

»Patt.« Er sah mich an. Lange. Keiner schaute weg. »Vertrauen unter Profis?«

»Versuchen wir es«, sagte ich und nahm den Zettel.

Kalli Graf ging auf das Taxi hinter mir zu. Ich drehte mich zu ihm um und beobachtete die Jungs von SEK, CIA und MI6 dabei, wie sie ihn umstellten.

Die Einsatzleiter kamen zu mir herüber und drückten mir nacheinander die Hand.

»Danke. Guter Job«, sagte der SEK-Mann.

»Thanks dude. F****** good job«, sagte der CIA-Mann.

»Thank you, Sir. Mr. Doyle. Good job«, sagte der MI6-Mann.

»Okay, Abflug«, sagte der SEK-Mann und drehte den rechten Zeigefinger im Kreis über seinem Kopf. »Ein Boot liegt bereits bereit.«

Ich schüttelte den Kopf. »Schicken Sie ruhig jemanden rüber. Aber wir vier Betschwestern werden Mr. Graf keinen Zeilenvorschub gewähren. Wir gehen auf das Schiff.«

Ich war kein Spieler, aber wenn ich wetten sollte, hätte ich darauf gesetzt, dass es keine Container gab. Zumindest keine mit dem von Kalli Graf vorgegaukelten Inhalt.

»Sie meinen …?«
»F***!«
»You think …?«
»Jap!«, sagte ich und war auch schon auf dem Weg zur Gangway.

Was soll ich sagen? Ich sollte recht behalten.

Alle Serifen waren auf dem Schiff. Jeder noch so kleine Zeilenzwischenraum war damit vollgestopft.

Damit war der Fall gelöst und das Lösegeld gespart. Und ich konnte die Aufschrift auf meiner Visitenkarte lassen, wie sie war. Nicht, dass ich jemals daran gezweifelt hätte.

Ein kleines Problem ergab sich allerdings noch in Bezug auf Kalli Graf. Während sich die Jungs vom SEK und den beiden befreundeten Diensten darüber stritten, wer den Meisterdieb zuerst verhören durfte, hatte der sich von dannen gemacht.

Das ärgerte mich durchaus. Ich hatte schon vielen Verbrechern das schmutzige Handwerk gelegt und sie ins Kittchen gebracht. Sie waren mir nicht wohlgesonnen, und nun gab es noch jemanden auf der Welt, der eine Rechnung mit mir offen hatte. Und frei herumlief.

Es war kalt, aber nicht frostig. Eine Woche nach ihrem ersten Besuch saß die Dame erneut vor mir. Dieses Mal trug sie ein Kostüm in Dunkelgrün, was mich daran erinnerte, dass es Zeit wurde für mein vorweihnachtliches Traditionsessen. Grünkohl mit Kohlwurst aß ich üblicherweise einmal pro Adventswoche, war aber durch die Jagd nach dem Tintenkiller bereits eine Woche im Verzug. Das würde ich, so der Auftrag zum Abschluss kam, heute Mittag ändern. Ob es dazu bei einem Kilkenny bleiben würde oder die Notwendigkeit bestünde, das deftige Essen mit eisgekühltem Aquavit abzurunden, machte ich vom Verlauf des Gesprächs abhängig. Wer weiß, vielleicht gönnte ich mir beides.

»Sie sind gut«, sagte sie.

»Selbstverständlich.« Ich nickte und sah ihr die Untertreibung nach.

»Allerdings hat es länger gedauert, als ich gehofft hatte.«

»Qualität bedeutet meist Sorgfalt vor Geschwindigkeit.« Ein wenig ärgerte ich mich nun doch über ihre Kritik. Es war nicht nur unter wirtschaftlichen Gesichtspunkten zutiefst logisch gewesen, die MS DOS auf deutschem Boden abzupassen. Ich war auch im Zeitplan der Lösegeldforderung geblieben.

»Wie Sie sich denken können, bin ich hier, um den Auftrag abzuschließen.«

»Das halte ich für guten Stil«, sagte ich und schob ihr die druckfrische Ausgabe der FAZ sowie einen Briefumschlag über die polierte Oberfläche meines Schreibtischs zu.

Sie nahm die Zeitung. Deutete leicht gelangweilt ein Nicken an. »Wir wissen das zu schätzen.« Dann zerriss sie den ungeöffneten Umschlag, holte einen Scheck aus ihrer Hermès-Handtasche und legte das papierne Zahlungsversprechen in die Mitte des Schreibtisches.

Auf den ersten Blick erkannte ich, dass die Anzahl

der Stellen vor dem Komma viel zu gering war. Auf den zweiten den Betrag.

»150 Mark?« Meine Stimme war ruhig. Eiskalt. Beherrscht.

»Fahrtkosten. 30 Pfennig für jeden der 500 Kilometer nach Hamburg und zurück. CICERO bedankt sich für Ihre Hilfe.«

»Ein sehr kleiner Dank.«

»Nun. Was verlangen Sie?«

»Den vereinbarten Anteil am Lösegeld.«

»So dumm sind Sie nicht, oder?«

Diese Frechheit ließ ich unkommentiert. Sah sie nur an. Aus dem Vorzimmer bahnte sich ein aggressives Husten den Weg durch die dünne Scheibe der Zwischentür.

»Wie Sie sicherlich erinnern«, fuhr sie fort, »haben wir ein Arrangement getroffen, das ein Erfolgshonorar vorsieht. Da wir kein Lösegeld zahlen mussten – wofür Ihnen selbstredend unser nicht enden wollender Dank gewiss ist – ist die Basis für die Berechnung Null. Egal, welchen Prozentsatz Sie ansetzen, Sie bekommen nichts, weil der Anteil von nichts nun einmal nichts ist. Egal, wie hoch der Prozentsatz auch sein mag.«

»Minus mal Minus ergibt Plus«, erwiderte ich.

Sie schüttelte den Kopf. »Eine Multiplikation mit Null hat als Ergebnis ebenfalls Null, egal, ob negativ oder positiv.«

Hernach entspann sich zwischen uns ein heftiges Wortgefecht, an dessen Ende zahllose Worthülsen qualmend am Boden lagen.

Als wir beide unser semantisches Pulver verschossen hatten, kehrte kurzfristig Ruhe ein. Dann stand die Dame auf: »Nehmen Sie die 150 Mark, oder lassen Sie es. Manchmal muss man mit Anstand erkennen, dass man verloren hat. Leben Sie wohl.«

»Ein wahres Wort«, gab ich zu, griff nach meinen Chesterfields und erhob mich ebenfalls. »Viel Glück, gnädige Frau.«

Erhobenen Hauptes, mit starrem Blick – das konnte ich sogar von hinten erkennen – und ohne Sonja Born einen Abschiedsgruß zu gönnen, verließ sie die Detektei.

Ich zog genüsslich eine Nikotinstange aus der Schachtel, schob sie mir zwischen die Lippen und riss ein Streichholz an. Sonja Born kam mit wütenden Zornesfalten in mein Büro gestürmt, die wie ein Ausrufezeichen über ihrer Nasenwurzel standen.

»Du weißt, dass ich es nicht mag, wenn du im Büro rauchst.«

»Es ist mein Büro.«

»Aber der Qualm zieht zu mir hinüber«, Sonja deutete über ihre Schulter, ging zielstrebig auf das doppelt geflügelte Fenster hinter mir zu und riss es auf.

Ich stellte mich neben sie und stieß die Reste tief inhalierten Rauchs in die kalte Dezemberluft hinaus.

Gemeinsam beobachteten wir die Polizei dabei, wie sie die Dame festnahm, die währenddessen auf das Ordinärste fluchte.

»Sie hat tatsächlich gedacht, sie käme damit durch?« Sonja Born schüttelte mit fassungsloser Häme den Kopf.

»Tja. Ein waghalsiger Versuch, den Meister zu engagieren, um eine Tat aufzudecken, deren Drahtzieher man selber ist, um genau davon abzulenken. Verbrecherische Eitelkeit. Der Stern des Coups hätte heller gestrahlt, wenn wir den nahezu unlösbaren Fall nicht gelöst hätten. Bei jedem anderen wäre es gelungen. Aber wie kann man einen Hieronymus C. Doyle nur derart unterschätzen? Ein wirklich apostrophaler Fehler.«

»Die Dummheit der Menschen ist unendlicher als das Universum.«

»Und nichts ist so, wie es scheint.«

Während das Polizeiauto mit der Dame langsam meine Straße Richtung Sparkasse hinunterrollte, sahen wir das Gesicht ein letztes Mal. Wutverzerrt schaute sie hinter der Fondscheibe zu uns herüber.

»Manchmal muss man mit Anstand erkennen, dass man verloren hat. Leben Sie wohl!« Sonja Born wiederholte die Abschiedsworte in Richtung der Frau, die als Dame in unsere Detektei gekommen war und diese als Verbrecherin wieder verließ. Im Unterschied zu mir würden die verbleibenden Adventstage und das Weihnachtsfest sehr unbequem für sie werden.

»Faszinierend, Sonja. Faszinierend.«

PS: Liebe Leserin, lieber Leser! Womöglich schulde ich Ihnen die ein oder andere typografische Erklärung bezüglich einiger Begrifflichkeiten, die ich bei der Niederschrift des Erlebten freimütig verwendete:

- Cicero ist ein typografisches Maß, bei dem gilt: 1 Cicero = 4,52 mm
- Unter Kalligrafie wird die Kunst der Schönschrift verstanden.
- Kapitälchen nennt man Großbuchstaben mit derselben Höhe wie Kleinbuchstaben.
- Der Satzspiegel definiert die Maße, Anordnung sowie Größe von Text und Abbildungen auf einer Druckseite.
- Bei »Times New Roman«, »Helvetica«, »Garamond« und »Myriad« handelt es sich um Schriftarten. Unzählbare Mengen werden zudem Myriaden genannt.
- Als Schusterjunge wird die erste Zeile eines neuen Absatzes bezeichnet, die versehentlich auf einer neuen Seite erscheint.
- Der Abstand zwischen dem jeweils unteren Buchstabenende (der Grundlinie) zweier Schriftzeilen heißt Zeilenvorschub.
- Im Unterschied dazu definiert der Zeilenzwischenraum (auch Zeilendurchschuss) den Abstand zwischen dem unteren Buchstabenende einer Zeile und dem oberen Buchstabenende der nächsten Zeile.

Es grüßt Sie herzlich

Ihr Hieronymus C. Doyle

DIE SCHWARZE KÖCHIN

Andrea Gehlen

»Ist die schwarze Köchin da?
Nein, nein, nein! Dreimal muss ich rummarschier'n,
das vierte Mal den Kopf verlier'n.
Das fünfte Mal: komm mit!
Ist die schwarze Köchin da?
Ja, ja, ja. Da geht sie ja, da steht sie ja,
die Köchin aus Amerika!
Zisch, zisch, zisch!«

Deutsches Kinderlied und Kinderspiel von 1895

Britta Maria Blankenstein hoffte inständig, dass Kent, ihr beige-gelber Kadett C, nicht wieder auf halber Strecke ausging. Die Arbeitskollegen aus der Krankenhausküche im Vincenz nannten dessen Farbe scherzhaft *hornhautumbra*. Seit Dauerfrost der Batterie zusetzte, sprang er kaum noch an.

Dabei musste er durchhalten! Die Kosten für das Pflegeheim ihres Vaters verschlangen einen großen Teil des Gehalts, da blieb kein Cent für Autoreparaturen übrig. An die Schulden bei René Schulze, ihrem Chef, dachte sie lieber erst gar nicht.

Doch einen Lichtblick gab es. Überraschenderweise hatte sie kürzlich das Häuschen ihrer Großmutter geerbt. Überraschend vor allem deshalb, weil es immer geheißen hatte, Oma Erika und Opa Erich seien bei dem großen Bombenangriff auf Paderborn umgekommen. An dem Tag, an dem sich der Himmel verdunkelte und die Stadt in Flammen versank. Es gab in den Fotoalben ihrer Eltern kein einziges Foto der beiden. Nur auf einem mittig durchtrennten Bild lächelte Opa zahnlückig in die Kamera. Er legte seinen Arm um eine ausgeschnittene Person. Ob es Oma Erika gewesen ist, hatte ihr nie jemand sagen können. Niemand hatte je über sie gesprochen und das würde auch so bleiben. Mutter war tot und aus Günther, ihrem Vater, bekam sie nichts Vernünftiges heraus.

Nach der Arbeit fuhr Britta in die Innenstadt, um ihren neuen Besitz in Augenschein zu nehmen. Kent hatte ausnahmsweise einwandfrei funktioniert. Sie parkte ihn vor dem niedrigen Zaun, der einen kleinen Vorgarten rahmte, und betrachtete durch die Windschutzscheibe das winzige Haus zwischen den neueren Bauten. Es schien rein zufällig in eine Lücke gefallen zu sein und seitdem darin festzuklemmen. Fünf schießschartenkleine Fenster ließen es noch zwergenhafter wirken. Die Haustür mit den zwei Oberlichtern war in Rot und Weiß lackiert. Britta dachte bei dem Anblick an ein Hexenhaus, das in einem verwunschenen Wald nicht weiter aufgefallen wäre. Nur die vertrockneten Blumen in den Pflanzkästen und verstreuter Müll im Vorgarten trübten das Bild.

Britta blieb im Auto sitzen. *Bleierne Schwere* – diesen Ausdruck hatte sie immer für übertrieben gehalten. Doch jetzt wusste sie haargenau, wie sich das anfühlte. Die Arbeit als Köchin forderte sie, aber ihr Chef und die Aufregung um das Testament in den letzten Wochen raubten ihr das letzte bisschen Energie. Am liebsten würde sie einschlafen. Doch die Luft im Wageninneren kühlte rapide ab. Britta klappte den Kragen ihres Wintermantels nach oben und stopfte den Wollschal sorgfältig hinein, sodass kein Zentimeter Haut am Hals frei blieb. Bald darauf beschlugen die Fenster und Britta zitterte am ganzen Körper. Es half nichts, sie musste aussteigen.

Kleine Fallschirme aus Schnee fielen auf das Vogelhäuschen neben der Eingangstür. Laut Testament sollte sich darin der Hausschlüssel befinden. Es sah aus wie eine Miniatur des Wohnhauses, nur dass sich im oberen Drittel eine Stange und ein winziges Einflugloch befanden. Britta nahm das ziegelsteingroße Haus von der Wand und rüttelte es. Das Klappern im Inneren verriet einen harten Gegenstand. Unglücklicherweise ließ er sich weder aus der Öffnung schütteln noch herausfischen. Immer wieder tastete Britta kühles Metall, doch im letzten Moment entglitt es ihren eiskalten Händen. Wenn das verdammte Ding nicht gleich zum Vorschein käme, würde sie für heute aufgeben. Im Licht der Straßenlaternen blinkte ein Metallhaken seitlich des Bodens auf. Mit steifen Fingern klappte Britta ihn nach unten. Der Kasten sprang auf und ein silberner Schlüssel fiel in den frischen Schnee.

Der Flur war dunkel und es roch nach altem Staub, Bohnerwachs und Holz. Sie schloss die Tür und tastete nach einem Lichtschalter. In Altbauten saßen die oft an den merkwürdigsten Stellen, wie sie von ihrer eigenen Mietwohnung am Kaukenberg wusste. Zu blöd, dass sie nicht mehr rauchte, dann hätte sie wenigstens ein Feuerzeug dabei! Endlich – an der Wand zur Linken fand sie, was sie suchte. Es knisterte, als wärmten sich die alten Elektroleitungen erst einmal auf. Dann entflammten zwei Lämpchen, die einen ovalen Jugendstilspiegel rahmten.

Britta betrachtete ihr blasses Gesicht darin. In dieser Beleuchtung erschien ihr Muttermal noch größer als sonst. Wie eine dunkle Felsgruppe erhob es sich auf der rechten Wange. Drei schwarze Punkte, die als Dreieck dicht beieinanderstanden. So gleichmäßig wie die drei Langohren in dem berühmten Hasenfenster Paderborns. Oder wie die drei Punkte der Knasttattoos, die Kriminelle gerne unter dem Auge oder zwischen Daumen und Zeigefinger trugen.

Diese Flecke hasste sie, seit sie denken konnte, und es war in den letzten 50 Jahren nicht besser geworden. Sollte je ein bisschen Geld übrig sein, würde sie sie entfernen lassen – das stand so fest wie das Amen in der Kirche! Den Grund für ihr Singledasein allerdings vermutete sie eher bei den Absencen, diesen Bewusstseinspausen, an denen sie von Geburt an litt. Bei fast jedem Rendezvous tauchten diese auf – ganz sicher aber, wenn sie den Kandidaten attraktiv fand. Dann erfasste sie ein Schwindel und im Oberstübchen ging das Licht aus. Letzten Sommer war sie vornüber ins Quellbecken der Dammpader gefallen, als sie mit Simon, dem gut aussehenden Bauunternehmer, spazieren ging. Ein sportlicher Rentner hatte sie rausgezogen, Simon konnte nicht schwimmen und meldete sich nie wieder. So oder so ähnlich ging es ihr immer, wenn das Leben zu aufregend wurde.

Britta löste sich von ihrem Spiegelbild und drehte sich um. Durch die Oberlichter über der Haustür sah sie, dass es immer noch schneite. Das schwache Licht, das hindurchdrang, fiel auf die Stufen der Wendeltreppe, die steil nach oben führte, und warf gleichzeitig schräge Schatten an die Tapete des Flurs.

Das hölzerne Ständerwerk knackte, als besäße es ein Eigenleben, fast schien es zu atmen. Sie betrachtete die vergilbten Fotos an der Wand. Auf einem davon erkannte sie ihre Mutter im Kindesalter. Sie saß allein auf einer Bank unter einem kahlen Baum. Im Haar trug sie eine Schleife und blickte mit verschränkten Armen abweisend, ja fast böse, in die Kamera.

Vom Flur aus gingen drei Türen ab. Zwei auf der linken Seite, ein Wohnzimmer in Gelsenkirchener Barock und dahinter die Küche mit einer Anrichte aus dunklem Holz. Gegenüber ein kleines Bad mit Toilette und einer fleckigen Badewanne, die scheinbar seit Jahrzehnten niemand mehr gesäubert hatte. Dieses Haus verströmte etwas Beunruhigendes, das Britta nicht in Worte fassen konnte.

Trotzdem – wenn sie schon hier war, dann wollte sie auch alles sehen. Sie stieg die Wendeltreppe nach oben. Im ersten Stock gab es zwei Zimmer. Eines, das bis auf eine alte Nähmaschine leer stand, und ein Schlafzimmer mit zwei Betten und einer antiken Standuhr. Das Bett zur Linken bevölkerte eine Armada aus Babypuppen und Teddybären, während das andere mit einer dicken Federdecke belegt war. Es würde nicht viel Mühe machen, diese paar Sachen auszuräumen.

Sie tappte vorsichtig die Treppe hinunter, bis sie wieder vor dem Spiegel stand. Jetzt, da sie das Haus gesehen hatte, konnte sie Annoncen für Verkauf oder Vermietung in die Zeitung setzen.

In der Ferne hörte sie den Ruf eines Käuzchens. Etwas Leichtes huschte über ihre Sportschuhe. Das war hoffentlich nicht Oma Erikas Geist, der noch in diesem Haus spukte! Britta beugte sich herunter und erkannte einen kegelförmigen Körper. Eine Maus oder etwa eine kleine Ratte? Sie machte einen erschrockenen Satz zur Seite. Dabei verrutschte der Teppichläufer, auf dem sie stand, und gab den Blick auf eine darunter liegende Bodenklappe frei. Neugierig hob Britta sie an und sah den Ansatz eines Treppchens, das in vollkommene Finsternis führte. Modriger Dunst schlug ihr entgegen. Es musste sich um einen dieser Kriechkeller handeln, die man früher für die Vorratshaltung benutzt hatte. In der Küchenanrichte fand sie Streichhölzer und eine Kerze. Damit ausgerüstet stieg sie langsam in den Keller hinab. Die Wände der Kammer schienen sich in der Dunkelheit auf sie zuzubewegen, so eng war es hier unten. Sie stand, etwas geduckt, in einem niedrigen Raum mit Regalen zu beiden Seiten. Sie durchmaß das Gelass der Länge nach mit zehn Schritten. Hunderte Einmachgläser flankierten den schmalen Durchgang. Sie stießen leicht aneinander, als sie an den Regalen vorbeiging. Unzählige Spinnennetze bedeckten jeden einzelnen Gegenstand wie Spitzendeckchen. Auch einen merkwürdig aussehenden Hammer mit einem bolzenartigen Kopf.

Britta fummelte ihre Lesebrille aus der Jackentasche und versuchte die Aufschriften der Einmachgläser zu entziffern: Rhabarberkompott, Erdbeeren, Bohnen, Birnen, Marillenmarmelade und rote Beete – igitt! Die schmeckte für gewöhnlich, wie Kellerfußboden roch! Weiter ging es mit Gurken und Notizbüchern … Moment – sie putzte eine besonders anhängliche Spinnwebe von der Brille und schaute ein zweites Mal. Tatsächlich, in einem der größeren Einmachgläser steckte eine schwarze Kladde. Vielleicht hatte das Heft als Inventurliste für all die konservierten Lebensmittel gedient. Weiter hinten im Gang fand sie eine leere Gemüsekiste und nahm mit dem merkwürdigen Fund

Platz. Der Schraubverschluss klemmte ein wenig, aber schließlich löste er sich und gab das Büchlein frei.

Britta sah dicht beschriebene Seiten mit steilen Auf- und Unterschwüngen in Sütterlin. Vielleicht hatte ihre Großmutter eine Schraube locker gehabt, dass sie Notizen zusammen mit Eingemachtem aufbewahrte. Vielleicht war das der Grund, aus dem niemand über sie gesprochen hatte.

Sie hielt das Geschriebene näher an die Kerze, gerade so, dass das gelbliche Papier kein Feuer fing. Mühsam entzifferte sie Wort für Wort. Mit der Zeit gewöhnte sie sich an die Schrift und erfasste Sätze und Inhalt schneller. Das Heft stellte sich als das Tagebuch Oma Erikas heraus. Eine Seite nahm ihr beinahe den Atem! Britta las den letzten Eintrag des Heftes, der fehlerfrei und in gestochen scharfer Schrift gehalten war, wieder und wieder. Das *konnte* einfach nicht sein!

Britta las die verwirrenden Zeilen ein weiteres Mal. Erneut hetzten ihre Augen über die Buchstaben, über das, was ihre Großmutter dort offenbarte. Aber es schien eine halbe Ewigkeit zu dauern, bis Britta begriff, dass diese Frau etwas Unvorstellbares getan haben musste. Der Eintrag kam einem Geständnis gleich und rüttelte an einer Erinnerung aus der Kindheit.

Mutter hatte früher oft das Lied von der Köchin aus Amerika gesungen. Vielleicht hatte sie Bescheid gewusst und das Singen war eine Art Ventil gewesen, das Unaussprechliche aus dem Kopf zu bekommen. Es musste sie ja beschäftigt haben. Vielleicht hatten ihre Eltern sehr wohl von ihrem Geheimnis gewusst, oder zumindest geahnt. Nur so konnte Britta es sich erklären, warum die Familie die Ahnin totgeschwiegen hatte, obwohl sie keine fünf Kilometer voneinander entfernt gewohnt hatten.

Wie gelähmt ließ sie das Heft auf die Oberschenkel sinken. Ein helles Stück Papier mit Zackenrand segelte auf die rotbraunen Steine des Bodens. Britta hob es auf.

Auf dem Foto war der Eingang einer Rind- & Schweineschlachterei zu sehen, umkränzt von einer grünen Girlande aus Nadelbaumzweigen. Vor dem Schaufenster stand eine lächelnde junge Frau in einer blütenweißen Schürze. Im Inneren des Fensters lag ein Schweinekopf auf einem glänzenden Tablett. Selbst auf dem Schwarz-Weiß-Foto konnte sie erkennen, dass der Apfel im Maul des Tieres auf Hochglanz poliert war. Die Frau sah aus wie ihr Spiegelbild. Es kam ihr vor, als sei sie, die im 21. Jahrhundert im Keller auf einer Gemüsekiste hockte, in eine Zeitmaschine geraten! Das Gesicht, die Haltung und sogar das dunkle Haar. Britta besah sich das Bild näher und entdeckte drei dunkle, erhabene Punkte auf der rechten Wange der Frau. War das noch Zufall? Ihr Herz schien zu den Ohren hinauszuwollen. Die Hände zitterten, als sie das Foto wendete. Mit Tinte stand dort geschrieben: Erika Maria Blankenstein, Jubiläum Schlachterei Scharfenjohanning 1941. Es gab also doch ein Foto von ihrer Oma. Ein Foto, auf dem sie Britta selbst aufs Kleinste glich.

Hatte sie mit ihrer Großmutter mehr als nur das Aussehen gemeinsam? Würde sie ebenso handeln, wenn sie jemand genug in die Enge triebe? Sie dachte an ihren Chef, der sie oft bis an den Rand der Beherrschung brachte. Was wenn sie sich eines Tages nicht mehr bezähmen konnte?

Wenn nun alles in den Genen lag und der Glaube an den freien Willen reine Selbsttäuschung war? Ein gruseliger Gedanke befiel Britta. Kein Wunder, dass sie als Köchin arbeitete! Heißt es doch: »Der Apfel fällt nicht weit vom Stamm«. Brittas Gedanken drehten sich im Kreis wie Zirkusponys in der Manege.

Britta saß da und starrte auf die funkelnden Gläser, ohne etwas wahrzunehmen. Schließlich schlief sie ein.

Als sie aufwachte, zeichnete wintergraues Licht ein Rechteck in der Größe der geöffneten Kellerluke auf den Boden. Ein Blick auf ihre Armbanduhr sagte ihr, dass sie noch genau eine Stunde Zeit bis zum Arbeitsbeginn hatte. Leider war in der Küche kein Krümel Kaffee zu finden. Und auf ein Bad in der schmutzigen Badewanne verspürte sie nicht die geringste Lust. Sie wollte schnell nach Hause fahren, um wenigstens zu duschen. Aber Kent sprang nicht an. Auch nicht nach dem 209. Versuch. Kein einziges Lämpchen brannte – er war zu nichts zu bewegen. Nach einer halben Stunde vergeblichen Bemühens trat sie den Weg zur Arbeit im St. Vincenz- Krankenhaus zu Fuß an. Hoffentlich kam sie noch pünktlich.

※

Britta fühlte sich wegen der vorherigen Nacht wie durch die Wurstmaschine gedreht. Ein Blick auf die Uhr und sie wusste, dass sie zu spät kam und damit gegen Punkt drei des »Kleinen Schulze« verstieß – dem Strafenkatalog ihres Vorgesetzten, René Schulze. Der Index umfasste insgesamt zehn Dinge, die es zu unterlassen galt. Alle *Vergehen* waren mit Geldstrafen belegt. Sie gingen von 30 Euro (Lebensmittelverschwendung) über 90 Euro für private Gespräche während der Arbeitszeit bis hin zu 110 Euro (Widerworte gegen den Chef). Wer nicht zahlte, dessen Strafen erhöhten sich wöchentlich um 40 Prozent.

Britta hoffte inständig, dass sie ihren Vorgesetzten, samt seinem nikotingelbem Haar und den glänzenden Lacklippen, mit Fassung ertragen würde. Sie musste! Eine weitere Verwarnung wäre das Allerletzte, was sie in ihrer derzeitigen Situation brauchte.

Sie schlich auf dem Weg zur Umkleide an seinem Büro vorbei und hielt unwillkürlich den Atem an, damit er sie nicht bemerkte. Aus den Augenwinkeln erkannte sie, dass er mit zwei Papierstapeln kämpfte und äußerst beschäftigt wirkte. Zarte Freude, es geschafft zu haben, keimte auf. Sie drückte die Klinke zur Garderobe in Zeitlupe herunter und hatte bereits einen Fuß in der Tür.

»Frollein Blankenstein!«

Ein Blitz hätte sie kaum schlimmer treffen können.

»Ja?«

»Wenn Sie umgezogen sind und das möglichst dalli, dann kommen Sie sofort in mein Büro.« Das »bitte«, setzte er in einem süßlich, öligen Ton hintendran.

Auf der *Armesünderbank*, dem Stuhl für Mitarbeiter in seinem Büro, ging es gleich zur Sache.

»Frau Blankenstein. Dass Sie sich überhaupt noch hertrauen!« Er schnalzte missbilligend mit der Zunge.

»Wie Sie wahrscheinlich selbst wissen, sind Sie heute schon wieder zu spät.«

Er kritzelte die Summe fürs Zuspätkommen auf Brittas Sollseite seines feuerroten Notizbuchs.

»Des Weiteren haben Sie noch immer Restschulden aus 2017. Und Sie wissen, dass Ihr Spind gestern verschlossen war. Die erforderlichen Kontrollen mussten ausfallen. Führen Sie sich vor Augen …« Es folgte eine Kunstpause. »Es ist meine wertvolle Arbeitszeit, die Sie verschwenden. Das macht 70 Euro für den Verstoß gegen Punkt acht. Reden Sie nicht so dumm daher! Widerworte gegen mich, das macht noch einmal 110 Euro.«

Er strich sich selbstzufrieden über das fliehende Kinn und dachte scheinbar angestrengt nach.

»Das macht summa summarum 730 Euro bis zum Ende der Woche, sonst wird es teurer, und das können Sie sich doch kaum leisten, oder sehe ich das falsch?«

Britta besah sich den Brieföffner auf Schulzes Schreibtisch. Der Griff schimmerte in Perlmutt und die Klinge erinnerte an ein Stilett. Britta bat ihn inständig, er solle aufhören, auf ihr herumzuhacken. Doch Schulze steigerte sich wie eine Dampflok auf freier Strecke in selbstgerechten Zorn hinein. Mit jedem Satz wurde es teurer für sie. Sie überlegte, welche Bank ihr noch Kredit gewährte und ob das Pflegeheim anschreiben ließe. Sie spürte den altbekannten Schwindel kommen. Das verlässlichste Anzeichen für einen nahenden Anfall. Schon nahm Britta nur noch den lacklippigen Mund wahr, der sich öffnete und schloss wie ein Fischmaul. Sah ungesund geschwollenes Zahnfleisch, Spucketröpfchen im gleißenden Winterlicht. Dann gefror die Realität zu einem Standbild und sie glitt hinab in die unberechenbaren Tiefen ihres Bewusstseins.

Sie schwebt unter Wasser. Perlmuttfarbene Röhrenmuscheln schimmern märchenhaft im bläulichen Licht. Etwas blitzt stählern auf. Vielleicht ein silbriger Fisch. Sie sieht eine bleiche Hand, die – wäre sie nicht so durchsichtig, ihre eigene sein könnte. Sie umschließt das blitzende Ding, bereit zum Stoß. Eine riesige Qualle taucht vor ihr auf. Die sie ersticken will, dessen ist sie sich sicher. Sie sticht zu. Einmal, zweimal, so lange, bis der Arm schmerzt. Blinde Wellen naturgewaltigen Hasses durchströmen sie. Blutrote Tinte tropft ins Wasser und breitet sich wolkenartig aus. Alles um sie herum färbt sich zu dunklem Rot. Dann erscheint ein anderes Bild: Ein altertümlicher Herd, auf dem es aus großen Töpfen dampft. Gelbliches Haar liegt tot in einem Abfalleimer neben der Kochstelle. Davor steht eine Köchin. Sie dreht sich um und Britta erkennt sich selbst. Durch den fadenscheinigen Latz der Küchenschürze leuchtet ein schwarzes Herz. Mit beiden Händen greift sie nach einem Beil, erhebt es und lässt es auf einen Hackklotz herabsausen. Finger rollen über den schwarz-weiß gekachelten Fußboden. Sie hebt sie auf, wirft sie mit einem gekonnten Schwung in den Kessel und rührt um. Ein Lippenpaar steigt an die Oberfläche des Suds. Sie wirft den Kopf in den Nacken und lacht ein Hexenlachen. Das Bild bekommt dunkle Flecke, zappelt und beginnt zu flimmern, bis es schließlich vergeht.

Britta fand sich schweißüberströmt unter dem Schreibtisch liegend wieder. Der linke Arm schmerzte. Wo war Schulze? Für einen Moment noch hielt die Benommenheit an. Erst dann bemerkte sie, dass sie den Brieföffner mit einer Hand umkrampfte.

※

Die Abendsonne schien durch die Fenster von Brittas Häuschen. Durch die Scheibe wärmte sie bereits ein wenig. Britta saß in ihrem neuen Arbeitszimmer im ersten Stock, dem mit der Nähmaschine, und gönnte sich ein Glas Chateauneuf-du-Pape. Vor ihr lag ein Computerausdruck mit dem aus dem Sütterlin übersetzten Tagebucheintrag Oma Erikas:

14. Januar 1941
Liebes Tagebuch,
ich darf doch nichts davon erzählen und muss ganz allein mit dem leben, was ich getan habe. Nicht, dass mir das Töten fremd wäre. Wenn man im Schlachthof arbeitet, kommt man nicht drum herum. Kann sein, dass es gegen das Gesetz ist, was ich getan habe, aber sollte ich etwa darauf warten, dass der Erich in einem erträgli-

chen Maße früh genug sterben würde? Nicht so, wie der sich schonte und mich alles machen ließ. Ich will doch auch ein bisschen etwas vom Leben haben. Was sollte ich mit einem Mann, der mir wie ein Hackklotz am Beine hing? Zu allem zu faul und das Einzige, was er konnte, war besoffen mit der Wachholderschnapsflasche im Bett herumlümmeln. Der hätte sich nie geändert!

Ich sage es Dir, liebes Tagebuch, was ich gemacht habe. Weil ich weiß, du bist schweigsam und kannst es vertragen. Ich habe es einfach nicht mehr ausgehalten mit dem Kerl. Keinen einzigen Tag länger. Er hat nicht gelitten. Ich wollte ihn ja nicht quälen – nur loswerden. Ich habe ihm über den Kopf gestreichelt, damit er ganz ruhig ist. Wie ich's mit den Tieren auch mache. Gelächelt hat er und sah ganz glücklich aus. Dann mit meinem Schlachterhammer eins vor den besoffenen Kopf. Und das war's schon. Das hätte ich viel früher machen sollen. Anstrengend war nur das Zerteilen und Kochen. Habe den Erich mit in die Wurst im Laden geschmuggelt. Die Knochen und Sehnen zusammen mit denen der Schweine und Rinder geschreddert. Das war ganz schön viel Arbeit!

Zum Glück ist das Günterchen noch so klein. Er hat nichts mitbekommen. Habe ihm erzählt, dass der Papa für Hitler in Afrika war und dass er im Kampfe heldenhaft ums Leben gekommen ist.

Jetzt habe ich mir's vom Herzen geschrieben. Wenn diese Zeilen irgendwann jemand liest, soll's mir recht sein. Aber erst, wenn ich selber tot bin. Fängt doch mein Leben jetzt erst richtig an.

Britta legte das Papier zur Seite. Ihre Großmutter war das gewesen, was man im Allgemeinen eine schwarze Köchin nannte! Sie hatte den Großvater im reinsten Wortsinn verbraten! Im Fenster sah sie ihr Spiegelbild. Das Muttermal war deutlich zu erkennen.

»Der Apfel fällt nicht weit vom Stamm«. Selbst wenn man so sagte – ihr war etwas Besseres eingefallen, als den ollen Schulze zu töten.

Sie rief sich den Morgen, an dem es passierte, ins Gedächtnis:

Als sie zu sich gekommen war, hatte eisiger Schweiß ihren Körper überzogen und sie seltsam überwach gehalten. Als sie sich über den Schreibtisch gebeugt hatte, hatte sie im Stillen gebetet, dass sie es nicht getan hatte – ihn nicht erstochen hatte.

Herr Schulze war, wie sie später erfahren sollte, in die Küche gerufen worden, weil die Passiermaschine, die für die Kieferorthopädie die Mahlzeiten zerkleinerte, wieder streikte. Das Einzige, was auf dem grauen Linoleum lag, war das gefürchtete Schulden-Notizbuch. Es musste ihm aus der Tasche gefallen sein. Sie umrundete den Tisch, um es aufzuheben. Kurz bevor ihre Fingerspitzen den Kunststoffeinband berührten, betrat ihr Chef das Büro. Sie musste nicht einmal hinsehen. Sein penetrantes Aftershave war ihm vorausgeeilt.

»Was zum Teufel machen Sie da, Blankenstein?«
»Nichts, gar nichts!«

Mit seiner Kontrollsucht würde er wahrscheinlich noch einen Toten fragen, warum er so faul im Sarg herumläge. Mit diesem Gedanken schloss sich ihre Hand um das Büchlein und schob es in den Ärmel des Pullovers.

Von da an war es nur noch ein winziger Schritt gewesen. Einige Tage später stellte sie ihn vor die Wahl: Entweder er zahlte die einkassierten Strafgelder an alle Schuldnerinnen zurück und verließe die Krankenhausküche oder sie würde ihn anzeigen. Was am Ende auf das Gleiche hinausliefe, nur dass ihm dann obendrein noch eine Gefängnisstrafe drohte. Es wunderte sie nicht, dass Schulze sich für die erste Variante entschied. Als er seinen speckigen Mantel nahm, stand die ganze Küche Spalier und beklatschte den Abgang. Hinterher gab es noch ein bisschen heimlichen Kochwein.

Im Licht der Straßenlaternen sah sie ihren guten, alten Kent vor dem Zaun stehen. Der vormals hornhautumbrafarbene Kadett glänzte jetzt in nachtblauem Lack. Seit sie ihn in der Werkstatt generalüberholen lassen hatte, funktionierte er so zuverlässig wie ein Schweizer Uhrwerk. Britta freute sich, dass sie ihn behalten konnte. Schulze sei Dank! Manchmal ging sie neuerdings zu Fuß zur Arbeit. Es war ja weniger als ein Kilometer bis dorthin. Im Hausflur roch es noch nach frischer Farbe und Britta hängte das Foto von Oma Erika zwischen die Bilder der anderen Familienmitglieder. Trotz allem gehörte sie schließlich dazu. War ein Teil von ihr – genau wie das Muttermal, an das sie sich zu gewöhnen begann.

FLEISCHESLUST

Christiane Höhmann

Andreas schob die Hände tiefer in die Manteltaschen. Der Dauerregen, der das Paderborner Land seit drei Wochen heimgesucht hatte, war endlich versiegt, an seine Stelle war winterliche Kälte getreten. Jetzt bräuchte er dringend seine Handschuhe, aber die hatte er noch nicht aus dem Keller geholt.

Irritiert schaute er um sich. In dieser Stadt war es nicht so einfach, an Markttagen die Stände auch zu finden. Jedes Jahr änderte sich der Standort des Wochenmarktes mehrmals. Gründe dafür waren Bauarbeiten, Ausgrabungen, der Pottmarkt zu Libori, der Weihnachtsmarkt und diverse andere Events. Gelegentlich hatte man in den vergangenen Monaten umherirrenden Paderbornern mit Hackenporsche den rechten Weg zum Markt weisen müssen.

Es war neun Uhr am Morgen des Heiligabends, die Straße zum Dom war belebt, an der Bäckerei mit den goldenen Lettern über der Eingangstür stand eine

Schlange, die sich auf dem Bürgersteig den Passanten entgegenschob. Vermutlich würde es hier schon bald keine *Kornlinge* mehr geben und gegen Mittag wären sämtliche Regale mit Kuchen und alle Container mit Brötchen leer und die Verkäuferinnen am Rande ihrer Nerven.

Andreas beschloss, sich vor der Bäckerei einzureihen.

Sein Blick streifte das hell erleuchtete Fenster des Cafés: Fast alle Tische waren besetzt. Die ersten Marktbesucher frühstückten bereits, neben ihnen standen volle Einkaufstaschen.

Schleichend bewegte sich die Schlange in den Laden. Kein Wunder, vor den Paderbornern lagen zwei lange Weihnachtsfeiertage, an denen nicht eine Bäckerei geöffnet haben würde. Doch, vielleicht eine, die im Bahnhof. Aber die hatte keine *Kornlinge u*nd auch keinen köstlichen, direkt importierten Kaffee.

In diesem Moment machte sich sein Handy durch ein schräges Hupen bemerkbar. Andreas gähnte, zog das Smartphone mit klammen Fingern aus der Innentasche seines Mantels und warf einen Blick darauf.

Eine Mail von Thomas, seinem Kollegen, der Stallwache schieben musste, sich aber im Büro ohne Andreas langweilte. Daher musste Thomas ihn dringend fragen, wo er im Urlaub hinfliegen würde. Vom Paderborner Flughafen wäre man schon in zwei Stunden auf Mallorca. Da müsste man ja eigentlich im Winter hin, oder? Heute wären es 20 Grad dort. Flüge gäb's schon ab 49.99 Euro. Und bevor man dieses Wetter ertrug, ließ man sich doch lieber die Sonne auf den Bauch scheinen, oder?

Andreas antwortete nicht. Thomas wusste genau, dass er im Urlaub immer ans Steinhuder Meer fuhr. Fliegen war nicht sein Ding. Zum Glück hatte man heutzutage gute ökologische Argumente dagegen, die allerdings nicht von jedem verstanden wurden. Auch nicht von Caro, die letzte Woche im Wohnzimmer Reisekataloge mit Palmenstränden ausgebreitet hatte.

Wieder ertönte sein Handy, diesmal spielte es die ersten Takte von »I can't get no satisfaction.«

»Was kann ich für dich tun, Spatzi?«, fragte er und bemerkte dann, dass er das Smartphone verkehrt herum an sein Ohr hielt.

Caro, am anderen Ende der Leitung, verstummte kurz. Dann legte sie los: »Wo bleibst du, Andreas? Hast du die Gans abgeholt?«

Andreas sah auf die Uhr. Es war 20 nach neun.

»Ich kaufe gerade ein paar Brötchen, meine Liebe. Damit wir gleich gemütlich zusammen frühstücken können.«

»Ich habe wenig Zeit, das weißt du«, antwortete Caro. »Ich brauche schnell den Rotkohl, bitte kauf nicht so einen kleinen, und dann muss ich die Gans braten. Und heute Nachmittag kommen schon die Kinder.« Sie legte auf.

»Ja, ja«, brummte Andreas. Wenn es so kalt war wie heute, konnte er Caros Kommandoton erst recht nicht vertragen. Außerdem wusste er immer noch nicht, wo heute der Wochenmarkt stattfand. Neidvoll sah er den Paaren zu, die sich im Café ausbreiteten.

»Ich nehme auch noch einen Cappuccino«, teilte er

der Verkäuferin mit, als er endlich an der Reihe war. Er war schon richtig durchgefroren. Er trank dann noch einen zweiten Cappuccino und quatschte eine ganze Weile mit dem Paar am Nebentisch, die ihm sofort sagen konnten, wo der Wochenmarkt heute zu finden war. Die beiden waren außerdem begeisterte Segler! Allerdings lag ihre Jolle am Dümmer See und nicht am Steinhuder Meer.

Zwei Stunden später befand sich Andreas wieder auf dem rechten Weg. Er passierte einen Kartoffelstand und zwei Buden, die frisches Geflügel verkauften. In der Regel konnte man den Landschlachter *Timmermann* aus Kohlstädt an der Traube von Kunden vor seinem Verkaufsstand erkennen.

Meiko Timmermann war nicht nur fleißig, schnell und verlässlich, sondern auch immer gut gelaunt und zu Scherzen mit der Kundschaft aufgelegt, selbst bei Regen und extremer Kälte. Seine Fleischerzeugnisse waren wunderbar. Ebenso wie seine Frau Steffi, die neben ihm bediente. Blond, mollig und appetitlich. Steffi, dachte Andreas, und ein warmes Gefühl schwappte für einen Augenblick über ihn, aber er drängte es schnell weg.

Caro hatte den Weihnachtsbraten schon Anfang Dezember bei der Metzgersfrau bestellt. Eine frei laufende, liebevoll aufgezogene Gans.

Gedankenverloren sah Andreas hoch. Jetzt ging er zum zweiten Mal die Marktstände ab und hatte Timmermanns Wagen immer noch nicht gefunden.

Schließlich betrachtete er erstaunt die Markise, vor der er unwillkürlich angehalten hatte.

›Landfleischerei Meiko Timmermann, Schlangen-Kohlstädt‹, stand an der Seite des Standes. Wie immer. Der Wagen war geschlossen.

»Das kann doch jetzt nicht wahr sein«, murmelte Andreas.

Neben ihm war eine ältere Frau mit Hut stehen geblieben und jetzt hielt auch noch ein junger Mann an, der einen Regenschirm über sich hielt.

»Zu?«, fragte die Frau entsetzt und starrte Andreas an, als habe er das zu verantworten.

»Werden schon noch aufmachen. Keine Sorge.« Er zuckte die Achseln und ging weiter.

In diesem Moment ertönte ein Schrei. »Feuer! Feuer!« Jemand rannte rufend über den Markt und rempelte Entgegenkommende an. Alles erstarrte.

Dann kam Bewegung in die Menge, Leute liefen unkoordiniert hinter anderen her, alles strömte in Richtung Michaelstraße.

Andreas hatte nicht umsonst fünf Jahre in der Freiwilligen Feuerwehr seines Dorfes gedient. Bei Feuer reagierte er zunächst mal besonnen. Er spähte in die Richtung, aus der Rauch in einer dünnen Säule aufstieg. Dann lief er den schmalen Weg durch das Domgelände, anschließend an der Kaiserpfalz vorbei die Treppenstufen neben dem Brunnen hinunter. Nicht weit vom Eingang der Stadtbibliothek entfernt, mitten auf der Rasenfläche des ›Geißelschen Gartens‹, brannte ein Riesenfeuer. Der Garten war voller Menschen. Einige saßen auf den Bänken, die den Rasen begrenzten, die meisten standen, Flaschen in der Hand, um das Feuer herum. Ein paar dunkelhäutige Männer saßen auf dem Boden und wärmten sich an den Flammen.

Jemand hielt einen Grill in Gang, der eng mit Fleisch bestückt war, und es duftete intensiv nach Weihnachten, nach frisch gebratener Gans, deren Fett in die Glut tropfte.

Andreas blieb in einiger Entfernung stehen und betrachtete das Schauspiel. Hier wurde ein Weihnachtsessen zubereitet. Nicht unbedingt eins, das mit den bürgerlichen Gepflogenheiten Paderborns im Einklang stand, aber doch ein gemeinschaftliches Ereignis, ein großes Fest im Freien.

Wieder stieg ihm der Duft von frisch gebratenem Geflügel in die Nase, in Gedanken grub er seine Zähne in überaus zartes Fleisch, das sich von den Knochen löste wie Butter vom Messer.

In diesem Moment fuhren zwei Wagen der Schutzpolizei vor, gefolgt von einem Feuerwehrauto, das vor der schmalen Brücke in den Garten kapitulierte.

Beamte stiegen aus den Polizeiwagen und fingen an, Papiere zu kontrollieren. Einer wies auf das Feuer, seine Gestik war unmissverständlich. Ausmachen, aber fix.

Binnen weniger Minuten hatte sich die Weihnachtsfeier aufgelöst. Jemand hatte den Grill weggeschoben, darauf lagen immer noch ein paar Fleischstücke.

Gänse im Feuer, dachte Andreas. Wirklich schade darum. Er setzte sich auf eine Treppenstufe, steckte sich eine Zigarette an und streckte die Beine aus. Vor ihm stoben immer noch Funken aus der Asche. Allmählich verkohlte das Fleisch auf dem Grill.

Gänse im Feuer, aber immerhin keine Füße im Feuer. Vor über 30 Jahren war ›Füße im Feuer‹ von C. F. Meyer die Lieblingsballade seines Deutschlehrers gewesen. Sie mussten es auswendig lernen. Das ganze verdammte Gedicht. Und merkwürdigerweise gehörte ausgerechnet der Inhalt dieser Ballade zu den wenigen Dingen, die er aus der Schulzeit behalten hatte.

Die Nacht kommt und ein schwerer Sturm tobt. Ein Reiter des Königs erreicht ein einsam gelegenes Schloss und bittet um Schutz und Obdach. Bereits beim Abendessen bemerkt er, dass er schon einmal hier war. In diesem Saal hat er vor Jahren die Schlossherrin gefoltert und ermordet.

»Leis sträubt sich ihm das Haar. Er kennt den Herd, den Saal … / Die Flamme zischt. Zwei Füße zucken in der Glut.«

Auch die Kinder und das Gesinde erkennen ihn. Sie wissen alles.

In der Nacht verbarrikadiert sich der Reiter voller Panik im Gästezimmer. Er lauscht auf jedes Geräusch auf der Treppe.

Am Morgen tritt der Schlossherr durch eine Tapetentür in sein Zimmer. Er hätte ihn die ganze Nacht töten können, hat es aber nicht getan.

Beim Abschied ruft ihm der Reiter einen Dank zu. Der Schlossherr habe besonnen gehandelt, denn er sei ein Mann des Königs. Bitter erwidert der Schlossherr:

»Gemordet hast du teuflisch mir / Mein Weib! Und lebst! ... Mein ist die Rache, redet Gott.«

Andreas' Deutschlehrer hatte die letzten Verse so oft zitiert, dass sie geflügelte Worte in der Klasse geworden waren. »*Mein ist die Rache, redet Gott!*«

In diesem Moment warfen ihn die ›Stones‹ abrupt in die Wirklichkeit zurück. »I can't get no satisfaction.«

Er drückte die Zigarette aus, sammelte seine beiden Stummel auf und beeilte sich, zum Markt hochzulaufen.

»Andi? Hallo, Andreas! Kriegt man dich auch mal ans Telefon?«, Caros Stimme überschlug sich vor Ärger. »Übrigens, Tobias kommt heute doch nicht aus Berlin, der hat sich den Magen verdorben. Er legt aber Wert darauf, dass wir ihm ein Stück von der Gans aufheben. Und wo bleibst du, wenn ich mal fragen darf?«

»Wieso lässt Tobi Weihnachten ausfallen, nur weil er heute keine Gans mit Rotkohl verträgt?«, fragte Andreas irritiert. »Und warum lässt du ihm das durchgehen?«

Caro hatte schon wieder aufgelegt. Er hasste es, dass sie am Telefon immer so kurz angebunden war.

Durch das Marktgedränge schob er sich so schnell wie möglich zu Timmermanns Fleischstand, sah aber schon von Weitem, dass dieser immer noch geschlossen war.

Ratlos blieb er vor dem Stand stehen. Die Gänse im Feuer dort unten hatten doch nichts mit Timmermann zu tun, oder? Ach was, heute gab es Hunderte von Gänsen hier auf dem Markt.

Wie auch immer, Andreas musste den Braten woanders besorgen. Das würde Ärger geben.

Erst einmal kaufte er den Rotkohl. Bei den meisten Händlern war Rotkohl schon aus, aber beim dritten gelang es Andreas immerhin, noch einen zu bekommen. Natürlich würde Caro sofort bemängeln, dass dieser Kopf zu klein war und außerdem schon zu viele Macken hatte. Aber das war jetzt nicht zu ändern.

Leider musste er feststellen, dass er nicht der einzige Stammkunde von Timmermanns war, der sich beeilte, an den anderen Fleischständen noch einen Weihnachtsbraten zu ergattern. Inzwischen war alles Geflügel, das nicht vorbestellt war, ausverkauft. Er konnte sich noch so sehr bemühen, es gab nichts mehr.

Was jetzt? Mit einer polnischen Hafermastgans aus der Gefriertruhe des Supermarktes durfte er Caro nicht kommen. Sie bereitete grundsätzlich Fleisch nur dann zu, wenn es von glücklichen Tieren stammte.

Er musste sich etwas anderes einfallen lassen.

Eigentlich kannte Caro die Timmermanns ganz gut, zumindest mit Steffi hatte sie schon mal telefoniert, und gelegentlich kam Caro spät vom Markt zurück, weil sie noch ein Schwätzchen mit der Metzgerin gehalten hatte.

Und Andreas kannte Steffi auch ziemlich gut, was sein kleines Geheimnis war. Aber das sprach wohl eher dagegen, dass er jetzt einfach zu Timmermanns Schlachterei aufs Land fuhr. Obwohl – was sollte

Meiko daran stören, dass Andreas die Gans selbst auf dem Hof abholte? Außerdem: Meikos Freundlichkeit war sprichwörtlich. Und heute war schließlich Heiligabend.

Als es ihm feucht in den Kragen rieselte, sah Andreas hoch. Der Himmel hatte sich grauweiß verfärbt, und dicke Schneeflocken fielen auf die Passanten und bedeckten bereits den Boden. Mit schnellen Schritten lief er zum Parkplatz. Im Auto rauchte er schnell noch eine, gab dann Timmermanns Adresse in das Navi ein und fuhr los.

Sein Handy hupte. Vor der roten Ampel warf er einen Blick darauf. Eine Whatsapp von Caro:

Absage Helene: seit einer Woche Vegetarierin, bleibt mit Martin in Münster. Und wo treibst du dich rum? Ach, macht doch alle, was ihr wollt!

Ende der Nachricht. Caro war per Whatsapp ebenso unverbindlich wie am Telefon. Und wieso sagten seine Tochter und ihr Freund heute ab, weil sie kein Fleisch essen wollten? Was war bloß mit den Kindern los? Es wurde wirklich Zeit, dass er nach Hause kam. Aber erst das Geflügel.

Als Andreas geraume Zeit später das Ortsschild von Kohlstädt passierte, war dies nur noch zu erahnen. Über der Schrift trug es eine Schneehaube. In Marienloh hatte es einen Auffahrunfall gegeben, Wartezeit: eine halbe Stunde. In Bad Lippspringe staute sich der Verkehr wie immer vor allen Ampeln.

Warum war er eigentlich nicht die B1 gefahren?

Weiterhin schneite es dicke, feuchte Flocken, die die

Landschaft in ein Winterwunderland verwandelten. Andreas lächelte. Vielleicht würden weiße Weihnachten Caro damit versöhnen, dass er immer noch nicht vom Einkaufen zurück war.

Mit der freien Hand kramte er ein trockenes Brötchen aus der Bäckertüte auf dem Beifahrersitz und verschlang es.

Als das Navi unmissverständlich mitteilte, dass er sein Ziel erreicht habe, bog er vorsichtig in Timmermanns Hof ein. Die Gebäude hier standen bereits in hohem Schnee, Schnee bedeckte die landwirtschaftlichen Geräte, niemand hatte Spuren durch den Hof gezogen.

Zwei Lichterketten hingen schlapp am Haus, sie waren nicht eingeschaltet. Andreas stieg aus, blies in seine Hände und klingelte.

Im Haus blieb alles stumm. Nichts rührte sich.

Timmermanns hatten keine Kinder. Und die Leute, die auf dem Hof arbeiteten, mussten heute frei haben.

Aber Steffis roter SUV, an den Andreas sehr schöne, sommerlich-heiße Erinnerungen hatte, stand vor der Garage.

Steffi würde vielleicht in der Küche arbeiten. Sie liebte es, bei allem, was sie tat, laute Musik zu hören. Meistens 80er.

Einen Augenblick lang stand der Sommer wieder vor Andreas' Augen. Wie er Steffi im Außenbecken der Westfalentherme in Bad Lippspringe zum ersten Mal gesehen und wenig später berührt hatte. Ihren weichen, runden, kuscheligen Körper. Rosige Haut, Fülle und Wärme. Fleisch, in das man tief hineingreifen konnte.

Warum hatte er eigentlich so schnell die Lust an ihren Treffen verloren?

Er warf einen Blick auf sein Handy, das sich schon längere Zeit nicht mehr bemerkbar gemacht hatte. Keine Message.

Entschlossen ging er ums Haus, um einen länglichen Anbau herum, bis zu einer schweren, weiß lackierten Tür.

Einen Moment lang fühlte er sich wie ein Landstreicher, der auf einem einsam gelegenen Hof um Schutz und Obdach vor dem Sturm bat. Ach Quatsch, heute war Heiligabend und er hatte es übernommen, den Weihnachtsbraten abzuholen, damit er zu Hause nicht staubsaugen und den Baum schmücken musste.

Energisch klopfte er an die Hintertür. Nach einer Weile zog er am Türgriff. Seltsam, diese Tür war nicht verschlossen.

Er betrat den Raum, aus dem ihm eiskalte Luft entgegenschlug.

Das Kühlhaus war leer. An seinem Ende stand eine Tür offen.

»Hallo«, rief Andreas laut und blieb in der Mitte des frostigen Raumes stehen. Plötzlich hörte er ein entferntes Geräusch. Eine Tür quietschte. Dann waren ein Schlurfen und endlich Schritte zu hören.

Meiko Timmermann erschien und starrte Andreas an. Er sah aus, als habe er tagelang nicht geschlafen, seine Haut war fahl, unter den Augen hatten sich schwarze Ringe eingegraben und seine Haare lagen schweißnass und strähnig am Kopf. In der Hand, halb hinter seinem Rücken, hatte er ein Werkzeug, das aussah wie – ein großes Messer. Ein Beil? Andreas trat unwillkürlich einen Schritt zurück. Seine Gedanken jagten. Wo war Steffi? Ach, eigentlich hatte er sich vorgestellt, sie würde ihn hier begrüßen, in ihren Augen das gleiche heimliche Einverständnis, das diese immer gezeigt hatten, wenn sie sich auf dem Markt wiedersahen.

»Was wollen Sie hier?«, fragte Timmermann und kam einen Schritt näher.

»Ich bin es, Andres Reiter, ein Stammkunde. Wir kennen uns ...«

»Andreas, ja. Was willst du?«

»Sie haben heute nicht aufgemacht und da dachte ich ...«

»Ich hab nichts mehr«, sagte Timmermann und deutete auf die Wände. Jetzt fiel es Andreas auch auf. Alle Haken waren leer.

»Aber wir hatten doch Gans bestellt?«, fragte er irritiert.

Timmermann zuckte die Achseln, hängte das blutige Metzgerbeil an einen Haken und wischte sich die Hände an der Hose ab.

»Komm erst mal mit.« Er ging voran nach draußen.

Einen Moment lang spürte Andreas Erleichterung. Timmermann würde ihn mit ins Haus nehmen, und dann bekam er doch noch sein Geflügel und konnte so schnell wie möglich abhauen. Vielleicht war er sogar noch rechtzeitig zu Hause.

Als der Schlachter die Tür zum Hof öffnete, konnte

man im heftigen Schneetreiben beinahe die Hand vor den Augen nicht mehr sehen.

»Los, komm«, sagte er, packte Andreas am Arm und zog ihn über den Hof.

Andreas riss sich los und warf einen Blick auf sein Auto. Wenn er nicht bald losführe, wäre es eingeschneit. Aber ohne Gänsebraten brauchte er nicht nach Hause zu kommen.

Zögernd lief er hinter Timmermann her. In diesem Moment fiel sein Blick auf die Hose, die der Schlachter trug. Große, braune Flecken breiteten sich darauf aus.

Blut, dachte Andreas und er fror, diesmal nicht vom Schnee. Der Schlachter hat frisches Blut an der Hose. An Heiligabend. Was hat Timmermann in dem Raum hinter dem Kühlhaus gemacht? Bewaffnet mit seinem Metzgerbeil? Hier stimmt doch was nicht. Andreas spürte plötzlich seine kalten Füße nicht mehr, aber seinen Magen. Ihm war übel.

»Komm, komm!« Timmermann ließ ihm keine Zeit, zu seinem Auto zu sprinten, er zog ihn vom nassen Hof in eine große Bauernküche mit schweren Holzmöbeln und einer geblümten Gardine am Fenster. Wenigstens war es hier etwas wärmer.

Timmermann ging zum Waschbecken und wusch sich ausführlich die Hände. Ein metallischer Geruch hing in der Küche. Andreas spürte wieder seinen Magen. Was machte er hier? An Heiligabend in der Küche seines Metzgers, der blutbesudelt und schmutzig wenige Meter von ihm entfernt am Waschbecken stand? Und sein Handy war merkwürdig still.

Er zog es aus der Jackentasche und tippte auf Caros Bild auf dem Display. Es klingelte zehn Mal, aber Caro ging nicht dran.

»Wo ist Ihre Frau?«, fragte er in Timmermanns Richtung.

Der Metzger drehte abrupt das Wasser ab. Für einen Moment war es totenstill in der Küche. »Du fragst nach meiner Frau?« Er fuhr herum und starrte Andreas an.

Er weiß es, dachte Andreas. Er weiß alles.

Wieder eine Welle von Übelkeit. Seine Gedanken überschlugen sich. Fast panisch sah er zu, wie der große, schwere Mann einen Schrank öffnete und eine halb leere Flasche Korn herausnahm, die er auf den Tisch stellte.

Timmermann goss Korn in zwei Schnapsgläser.

Andreas schob sein Glas von sich. »Hören Sie«, sagte er. »Ich muss nach Hause, meine Frau wartet. Geben Sie mir unsere Gans, dann bin ich weg.«

»Ich dachte, sie ist bei dir«, sagte Timmermann und schob Andreas das Glas mit dem Korn wieder hin. »Ich hab die ganze Zeit gedacht, sie ist bei dir.«

»Was? Hören Sie, ich muss zu meiner Frau nach Hause. Es ist doch Weihnachten.«

»Prost!«, sagte Timmermann und setzte sein Glas an den Mund.

»Okay, Prost. Aber nur einen!« Andreas trank auf ex und stand auf.

»Noch einen«, sagte Timmermann. »Noch einen musst du mit mir trinken, es ist Heiligabend.«

Widerwillig setzte Andreas das zweite Glas an den Mund. »Ich muss noch fahren«, sagte er, »danke auf jeden Fall. Wenn Sie jetzt die Gans …«

»Ich hab keine Gänse und keine Enten mehr. Was ich geschlachtet hatte, hab ich verschenkt. An das Asylbewerberheim. Hab es alles heute früh schon in die Stadt gebracht.« Timmermann lallte schon leicht. Das waren offenbar nicht seine ersten Körnchen heute. »Aber ich hab da was in Arbeit. Moment mal«, damit erhob er sich und verschwand in den hinteren Räumen.

Andreas stieß die Schnapsflasche um, als er aufsprang. Höchste Zeit, Land zu gewinnen. Er lief aus dem Haus und durch das Schneetreiben zu seinem Auto. Das Schloss war vereist. Verbissen hantierte er mit dem Feuerzeug.

In der offenen Haustür stand Timmermann und sah ihm zu.

Endlich reagierte das Schloss auf die Fernbedienung, Andreas riss die Autotür auf. Während er mit zitternden Händen den Schnee von der Windschutzscheibe fegte, starrte ihn Timmermann mit Blicken nieder. Gleich kommt er herüber, und dann geht's ab in die Schlachtkammer, dachte Andreas panisch. Welcher Teufel hat mich geritten, dass ich hierher gefahren bin?

Er warf sich in seinen Wagen und drehte den Schlüssel im Zündschloss, verlässlich wie immer sprang der Motor an. Aber die Räder drehten durch, das Auto bewegte sich kein Stück vom Hof.

»Du stehst im Schnee und auf gefrorenem Schlamm«, rief Timmermann, der inzwischen herangekommen war.

Er trug immer noch keine Jacke, schien aber nichts von der Kälte zu spüren.

Andreas zitterte. Seine Füße klopften auf den Boden. Er hielt seine wackelnden Knie fest.

»Steffi ist weg«, sagte Timmermann. »Beim Schlachten ist sie abgehauen. Sie konnte es nicht mehr ertragen. Alles. Fleisch aß sie auch schon lange nicht mehr. Mach die Tür zu, ich schieb dich raus.«

Wenig später tat Andreas' Auto einen Satz nach vorne. Im Rückspiegel sah er Timmermann, der sich seine Hände an der Hose abwischte. Andreas steckte seinen Kopf aus dem Fenster und rief ihm einen Dank zu.

»Du hast sie mir weggenommen. Hol dich der Teufel!«, schrie Timmermann und ging grußlos zum Haus zurück.

»*Mein ist die Rache, redet Gott*«, fuhr es Andreas durch den Kopf und er trat vor Schreck auf die Bremse.

Das Auto rutschte und kam schließlich an einer verwaisten Bushaltestelle zum Stehen. Andreas fing wieder an zu zittern, umklammerte seine Beine und versuchte, sich zu beruhigen. Schließlich legte er den Kopf auf das Lenkrad und atmete tief ein und aus. Das Hupen des Smartphones riss ihn hoch. Es mussten Minuten vergangen sein, vielleicht auch Stunden.

Irgendwo fingen Glocken an zu läuten. Es war 17 Uhr.

Eine Whatsapp von Caro.

Sie schickte ihm ein Selfie. Im Hintergrund sah man einen Strand mit Palmen. Im Vordergrund standen Steffi und Caro, Arm in Arm in der Sonne.

Caro trug einen Sonnenhut, Steffi hatte einen bunten Cocktail in der Hand.

›Fröhliche Weihnachten‹, stand unter dem Bild.

BLAULICHT AM DOM

Rita Maria Fust

Gestern Abend kam eine WhatsApp von Phillip mit der Frage, ob ich Lust hätte, morgen Abend – also heute – mit auf den Weihnachtsmarkt zu kommen. Oliver und Annika kämen auch, die hätte ich ja an seinem Geburtstag im November kennengelernt, erinnerte er mich.

»Und Pauline und Sara kennst du«, sagte Phillip, »aber hast du schon gehört, dass ich seit ein paar Wochen mit Sara zusammen bin?« Wir sprachen ein bisschen über Beziehungen; er schwärmte von Sara, natürlich; und ich erzählte, dass ich mich von meiner Freundin getrennt hätte, was Phillip noch nicht wusste. Später sagte er, dass Tarek auch für morgen zugesagt habe. Ein Freund aus seiner Kindheit, zur Schulzeit hätten sie nebeneinander gewohnt. Tarek habe eine typische Paderborn-Karriere gemacht: Abi am Theo, Studium hier an der Uni und dann irgendwas bei Nixdorf. Dort sei er als *Visionär* gehandelt worden.

»Oh, der Steve Jobs aus Paderborn«, sagte ich spitz.

»Na ja, das hat er selbst behauptet, wer weiß, ob's stimmt«, räumte Phillip ein. Auf jeden Fall lebe Tarek seit vielen Jahren in Manhattan, sei dort *very buzy* und ordentlich zu Kohle gekommen. – Ich sagte zu, nicht wegen, sondern trotz Tarek.

Es nieselt, als ich die Grube runtergehe, und leichter Nebel zieht auf, sodass der farbig beleuchtete Domturm kaum zu erkennen ist. Es ist nasskalt. Eigentlich hätte ich zu Hause bleiben sollen, was auch bestimmt besser für mich gewesen wäre, aber nach knapp zwei Wochen musste ich unbedingt mal wieder unter Menschen.

Auf dem Weihnachtsmarkt warten schon Annika und Oliver, Sara und Phillip.

»Da bist du ja endlich«, rufen sie mir entgegen, als sei ich zu spät.

»Hallo«, sage ich und bin überrascht, wie voll es trotz des useligen Wetters an der Glühweinbude ist. Dem Gespräch der vier folge ich kaum, sondern sehe mir die vielen Menschen an, wie sie sich dick eingepackt unter die Heizstrahler drängen, und hänge meinen Gedanken nach.

»Yeah – Tarek kommt«, ruft Phillip laut. »Schön dich zu sehen, altes Haus.«

Tarek lacht und reißt die Arme hoch, als habe er gerade einen Home Run gemacht. Einen Moment lang lässt er sich wie ein Baseballstar feiern. Annika und Sara klatschen sogar. Dann klopfen sich Phillip und Tarek freundschaftlich auf die Schulter.

»Ich bin Olli«, stellt sich Oliver vor. »Und das ist meine Freundin Annika.«

»Schön, euch kennenzulernen. Phillip hat schon von dir erzählt. Du seist Autor und Enthüllungsjournalist«, erinnert sich Tarek.

»Na ja, so ähnlich«, sagt Oliver bescheiden.

»Tarek, Pauline kann heute nicht kommen. Sie ist schlimm erkältet, wie fast alle im Moment«, erklärt Sara. »Aber ich soll dich lieb grüßen.«

»Danke. Da hast du mir aber auch eine vorgestellt, als ich letztens mit Phillip bei dir war«, sagt Tarek grinsend. »Pauline. Ja. Was soll ich sagen? Sie ist … besonders?« Alle lachen, auch Tarek. »Sie ruft mich jetzt dauernd an«, ergänzt er.

»Ach, trefft ihr euch? Das wusste ich gar nicht«, ist Sara überrascht.

»Nein«, antwortet Tarek lang gezogen.

»Aber sie ist wirklich ein ganz besonderer Mensch. Ich bin froh, dass sie bei mir wohnt«, findet Sara.

»Annika und ich wollen jetzt übrigens eine Runde über den Weihnachtsmarkt gehen. Will noch einer mitkommen?« Wir schütteln die Köpfe.

»Jungs, was wollt ihr trinken?«, fragt Phillip, als die beiden Mädels gegangen sind.

»Glühwein mit Schuss«, antworten Tarek und Oliver gleichzeitig.

»Hey, erinnert ihr euch an das YouTube Video: *Frauen und Männer beim Bestellen in der Kneipe?*« Phillip biegt sich vor Lachen.

»Jau. Wenn Männer bestellen, ist alles ganz einfach,

aber Frauen haben tausend Sonderwünsche.« Oliver und Phillip klagen sich – ich glaube, im Spaß – ihr Leid, wie schwer sie es doch mit den Frauen hätten, nichts könne man ihnen recht machen, weil sie nicht wüssten, was sie wollten. Tarek erzählt, wie anspruchsvoll die Ladies in Manhattan seien, dass ihnen selbst sein cooles Loft nicht gut genug sei, dass sie immer mehr forderten, sobald sie wüssten, dass er Geld hätte. Und und und. Er redet und redet und redet. »Mit Weihnachtsgeschenken ist das ganz genauso. Es kann gar nicht teuer genug sein, und sie müssen natürlich persönlich und romantisch sein. Und am Ende ist dann alles falsch. – Trotzdem Jungs: Auf die Frauen«, ruft Tarek und wir stoßen an.

»Ich weiß überhaupt nicht, womit ich Sara eine Freude machen kann«, meint Phillip.

»Olli, was schenkst du Annika eigentlich zu Weihnachten?«

»Ich werde ihr eine Reise schenken, aber ich weiß noch nicht, wohin.«

»Ey, wir könnte doch zu viert nach Manhattan fliegen«, schlägt Phillip spontan vor. »Dann können wir uns ein Spiel der Yankees ansehen, und die Mädels schicken wir shoppen. Du bist ja Single.« Ich nicke wortlos; ohne Freundin mitzufahren, scheint nicht in Frage zu kommen.

»Ja, das ist super! Annika schwärmt immer so von der Kirschblüte in Brooklyn. Und Frühstück bei Tiffany. Das wird ihr gefallen«, ist Oliver begeistert.

»Tarek, wir können doch bestimmt bei dir unterkommen, oder? Dann können wir uns die Kosten fürs Hotel sparen. – Super, was für eine grandiose Idee«, freut sich Phillip.

Dass Tarek nur verhalten nickt, fällt den beiden scheinbar nicht auf. Sie stoßen an und trinken einen großen Schluck Glühwein.

»Phillip, mit so einem Geschenk können wir gar nichts falsch machen«, ist sich Oliver sicher. Wieder stoßen sie an. »Auf Manhattan!«, rufen sie.

»Oh ja, da machen wir es uns mit den Mädels richtig schön romantisch und teuer«, lacht Phillip.

»Höre ich da etwa romantisch und teuer? Dann bin ich hier genau richtig«, ruft auf einmal Pauline.

»Pauline! Du hier? Ich meine, also, wir dachten, du seist krank«, stammelt Tarek und scheint sich nicht besonders zu freuen.

»Ach, es geht schon. Ich habe ein bisschen was eingeworfen«, erklärt sie.

»Aber wenn du nicht fit bist, hättest du nicht zu kommen brauchen. Wir haben hier eh jetzt eine Herrenrunde.«

»Das macht doch nichts«, entgegnet Pauline und scheint sich in Gegenwart der Jungs sehr wohlzufühlen. Sie sieht wirklich krank aus, blass und müde, fällt mir auf. Nicht mehr so das strahlende Leben wie sonst. Und sie ist noch dünner geworden. Aber das geht ja bei einer Erkältung ganz schnell. War bei mir auch so.

»Pauline, du siehst aus, als ob du dringend etwas Warmes – etwas *Heißes* – brauchst. Was möchtest du trinken?«, erkundigt sich Tarek und zwinkert ihr jetzt zu. Sein verhaltener Gesichtsausdruck ist erstaunlich schnell einem Lächeln gewichen.

»Gibt es hier alkoholfreien Eierpunsch? Wenn ja, dann hätte ich den gerne. Nein, warte. Ich nehme lieber eine heiße Schokolade. Obwohl, die ist bestimmt nur mit Wasser angerührt. Ich mag Kakao nur mit Milch. Also dann nehme ich lieber ... Ich brauche etwas Alkoholfreies wegen der Tabletten. Ich weiß gar nicht ... – Ach Tarek, überrasch mich einfach«, flötet sie und sieht ihn verliebt an.

»Willkommen auf YouTube, Jungs«, ruft Tarek. »Wir sind live dabei!«

Phillip und Oliver lachen laut. »Wenn Frauen bestellen ...«

»Was meinst du?«, fragt Pauline irritiert.

»Nichts. Ist schon gut«, antwortet Tarek. »Ich hole uns was zu trinken.«

»Der mit dem Löffel ist für dich«, sagt er ein paar Minuten später. »Alkoholfrei.«

»Ist das etwa Glühwein? Ich mag keinen Glühwein«, kreischt Pauline entsetzt. »Ich trinke nie Glühwein!«

»Aber das hättest du mir sagen müssen. Das wusste ich nicht. Komm schon, wir trinken alle Glühwein. Du willst doch etwas *Heißes*«, grinst er.

»Ja, aber ... Na gut. Prost, Jungs«, ist Pauline erstaunlich schnell umgestimmt.

»Auf Manhattan!«, rufen wir und Phillip und Oliver erklären Pauline ausführlich, dass sie mit ihren Freundinnen zu Tarek fahren werden. Vermutlich im nächsten Frühling.

»Oh, Tarek. Dann könnte ich doch auch kommen. Ich würde dich so gerne besuchen. Dann machen wir es uns richtig schön …«

»… teuer«, fällt Phillip ihr ins Wort und biegt sich wieder vor Lachen.

»Ich hole noch mal Glühwein«, sagt Tarek, ohne auf Paulines Vorschlag einzugehen.

Ich biete ihm an, ihm tragen zu helfen, und folge ihm.

»Ich war ja auch mal in den USA, im Sommer nach dem Abi«, versuche ich die Wartezeit zu überbrücken. Doch Tarek hört mir nicht zu und nuschelt lediglich ein »Ja, schön.«

»Der mit dem Löffel ist für Pauline?«

»Genau.«

»Pauline, bitte, das ist deiner«, sage ich zu ihr, als wir zurück am Stehtisch sind.

»Danke, Tarek, das ist so lieb von dir. Hat einer von euch eine Paracetamol oder so?«, fragt Pauline und erklärt, dass sie im Laufe des Tages ihren ganzen Vorrat aufgebraucht habe.

»Ja natürlich«, sage ich, doch Oliver ist schneller und reicht ihr eine Tablette.

»Danke, Olli – Ich weiß jetzt auch wieder, warum ich keinen Glühwein mag. Der schmeckt so bitter.« Pauline schüttelt sich und verzieht das Gesicht.

Sie schmieden Pläne für Manhattan, was sie alles machen werden, was sie sich alles ansehen werden, wie überrascht die beiden Mädels sein werden und wie viel Spaß sie haben werden.

»Ich hole dann mal die nächste Runde«, sage ich, denn

die romantische Vorfreude ist kaum auszuhalten. Doch Tarek widerspricht. Heute sei ein großartiger Tag, und das reiche als Grund, mal ordentlich einen auszugeben. »Unser Abend geht auf mich«, ruft er. Angeber, denke ich.

»Danke, Tarek«, flötet Pauline und lächelt ihn an.

»Du kannst mir tragen helfen«, bestimmt Tarek und gibt mir mit einem Wink zu verstehen, dass ich ihm folgen soll. Ein weiteres Mal an diesem Abend stehe ich mit ihm an der Theke. Wieder drückt er mir drei Tassen in die Hand, und ehe ich mich versehe, stehe ich wieder in der Gruppe und höre mir seine Ausführungen an.

Tarek erzählt von der Software, die er entwickelt habe und was sie könne und was sie so besonders mache, welche Schwierigkeiten er beim Entwickeln gehabt habe und wie genial er alle Probleme gelöst habe.

»Auf meine App hat die Welt gewartet«, zeigt er sich stolz, womöglich sogar zu Recht. Wer weiß.

Pauline legt lächelnd ihren Kopf an seine Schulter und schließt die Augen. Ob sie wenigstens glücklich ist? Als sie die Augen wieder öffnet, sehe ich, dass ihr Blick glasig ist. Mit zittrigen Händen hält sie sich sogar am Stehtisch fest. Sie schwankt leicht. Aber außer mir scheint es niemanden aufzufallen.

»Komm, wir holen noch eine Runde«, sagt Tarek, bevor ich Pauline fragen kann, ob ich etwas für sie tun kann.

Pauline bittet Tarek um ein kaltes Getränk, weil ihr viel zu warm sei, obwohl sie auch friere. Fieber, denke ich, sie hat Fieber und gehört ins Bett. Ich biete ihr an, sie nach Hause zu bringen, doch sie hakt sich bei Tarek ein und meint, alles sei in Ordnung. So gehe es ihr gut.

Vor der Theke schweigen Tarek und ich, was mir ganz gelegen kommt. Ich kann sein Gerede nur schwer ertragen.

»Bah, was ist denn mit der Cola los, die schmeckt ja furchtbar«, stellt Pauline nach einem Schluck fest.

Ohne zu fragen, nehme ich ihr das Glas aus der Hand und probiere. »Ne, schmeckt ganz normal«, sage und reiche sie ihr zurück.

»Ist halt keine echte Coca Cola«, erklärt Tarek.

Pauline trinkt trotz des widerlichen Geschmacks das Glas fast ganz leer.

»Mir geht's nicht gut«, sagt sie dann plötzlich und muss sich wieder festhalten. »Mir ist so komisch und furchtbar heiß.« Pauline zieht sich ihre Mütze vom Kopf und lässt sie achtlos auf den Boden fallen.

»Ich kann nicht mehr …«, stammelt sie, bringt jedoch ihren Satz nicht zu Ende. »Ich kriege keine …« Hektisch versucht sie ihre Jacke zu öffnen, doch der Reißverschluss hakt. Immer panischer zieht sie daran, doch er geht nicht auf. Mit flatterndem Blick wickelt sie sich den Schal vom Hals und zieht ihre Jacke nach vorne, als ob diese am Hals zu eng wäre. Ihre Hände zittern und Schweißtröpfchen bilden sich an ihrer Stirn.

»Was ist mit dir?«, fragt Oliver.

»Du hattest doch nur alkoholfreies Zeugs«, stellt Phillip fest.

»Tarek, hilf mir«, fleht sie und kann sich kaum noch auf den Beinen halten. Sie schwankt.

»Trink«, sage ich und halte ihr den Rest ihrer Cola hin. Ihr Kreislauf geht gerade in den Keller, da helfen Zucker und Koffein.

»Tarek«, ruft Pauline panisch.

»Trink jetzt«, fordere ich und werde lauter.

»Ich kriege keine Luft. Tar...« Ohnmächtig kippt sie nach hinten und reißt zwei oder drei Leute, die am Nebentisch stehen, beinahe mit.

»Ey, pass doch auf!«, schimpft einer von ihnen, doch das hört Pauline nicht mehr.

Plötzlich ist alles wie in Zeitlupe, jede Bewegung nehme ich einzeln wahr.

»Oh mein Gott. Sie sieht aus, als habe man sie abgestochen«, höre ich Phillip sagen, als sei er weit entfernt. Auf Paulines heller Jacke sind überall tiefrote Glühweinflecken, die aussehen, als wären sie Blut. Ich stürze mich zu ihr auf den Boden und drehe sie auf den Rücken. Sie wiegt fast nichts. Der Versuch, ihre Jacke aufzumachen, scheitert auch bei mir.

»Pauline! Pauline, hörst du mich?«

Keine Reaktion.

»Pauline! – Sie atmet nicht«, schreie ich. »Ruft den Notarzt!«

Herzmassage – Mund-zu-Mund-Beatmung – Herzmassage ... »Pauline, bleib hier!« – Herzmassage – Mund-zu-Mund-Beatmung – Herzmassage ... »Pauline!!!«

Sie bewegt ihren Kopf leicht, dann folgt ein leises Röcheln. Sie kommt zu sich. Ja, denke ich, Pauline, komm zu dir!

»Pauline, komm zu mir«, flehe ich verzweifelt.

»Tarek«, flüstert sie tonlos. Dann verliert sie wieder das Bewusstsein. Tarek, immer höre ich nur Tarek, dieser arrogante Arsch. Verdammt noch mal! Mit meinem ganzen Gewicht stemme ich mich auf ihren Brustkorb. Pauline darf nicht sterben. Herzmassage. Ich höre, wie eine oder mehrere Rippen brechen, doch ich mache weiter. Herzmassage. Tarek, denke ich, sie hat nur Augen für Tarek. Herzmassage. Weitere Rippen brechen. Herzmassage, wieder und wieder. Herzmassage. Rippen knacken. Herzmassage.

»Wir übernehmen jetzt«, sagt auf einmal jemand und schiebt mich entschlossen von Pauline fort. Phillip zieht mich noch weiter weg. »Lass die das mal machen, die kennen sich aus«, sagt er. Ich starre auf Pauline, und wie sie da am Boden liegt, überkommt mich mit voller Wucht, was ich getan habe: Ich habe Pauline umgebracht!

»Das wollte ich nicht«, rufe ich verzweifelt, denn ich bin sicher, dass Pauline tot ist. Es dauert eine gefühlte Ewigkeit, bis der Notarzt feststellt, dass ich recht habe. Pauline ist tot.

»Das wollte ich nicht«, beteuere ich, und Tränen rinnen durch mein Gesicht. »Ich wollte sie nicht umbringen. Wirklich nicht!«

»Das haben Sie auch nicht. Es trifft Sie keine Schuld. Sie haben richtig reagiert«, sagt der Notarzt. »Wenn doch nur alle in solchen Situationen so beherzt handeln würden. Das ist nicht selbstverständlich.« Als ob es etwas ändern würde, klopft er mir auf die Schulter.

Ich setze mich auf den nassen Rand des Neptunbrunnens; ich friere nicht, doch ich zittere am ganzen Körper. Ich habe sie umgebracht, denke ich. Ich habe Pauline umgebracht.

»Komm«, sagt Phillip und zieht mich mit sich. »Wir sollen im Polizei-Bulli auf die Befragung warten. Da ist es trocken und warm.«

Wir gehen durch das Gedränge der Menschen. Ich höre Raunen. Flüstern. Sehe Handys aufblitzen. Dann steigen wir in den VW-Transporter, und ein Polizist schließt die Tür von außen. Im Inneren des Wagens dimmt das Licht, dann ist es dunkel. Nur die schweren Schneeflocken reflektieren das Blaulicht der Einsatzfahrzeuge, und sogar der Domturm wird jetzt gerade blau angestrahlt.

Dann bemerke ich, dass die beiden Mädels auch mit im Wagen sitzen.

»Sara und ich haben von Weitem das Großaufgebot gehört, sind sofort zurückgelaufen und haben gesehen, wie ihr von einem Polizisten zum Bulli gebracht wurdet. Zum Glück durften wir mit einsteigen. Was ist passiert?«, fragt Annika außer Atem.

»Ich habe Pauline umgebracht«, bricht es wieder aus mir heraus. Ich kann nicht aufhören zu zittern, und mir ist auf einmal furchtbar schlecht.

»Nein, hast du nicht«, entgegnet Oliver. »Pauline scheint erstickt zu sein. Das meinte auch der Notarzt.«

»Aber warum denn?«, weint Sara.

»Sie war krank«, gibt Phillip zu bedenken.

»Aber doch nicht so! Nicht todkrank! Sie hatte eine Erkältung«, sagt Annika.

»Ich glaube eher, dass sie eine echte Grippe hatte«, meint Sara. »Sie hatte Kopfschmerzen und hohes Fieber. Sie hat vorhin noch im Bett gelegen.«

»Warum ist sie dann überhaupt auf den Weihnachtsmarkt gekommen?«, fragt Oliver.

»Wegen Tarek. Sie hat sich in ihn verliebt, als ihr letztens bei mir wart. Seitdem höre – hörte – ich nur Tarek, Tarek, Tarek«, erinnert sich Sara.

»Wo ist Tarek überhaupt?«, wundert sich Oliver.

»Ich weiß es nicht«, ist auch Phillip überrascht, als sei ihm bis jetzt nicht einmal aufgefallen, dass sein Freund fehlt. Sie überlegen, ob Tarek noch am Glühweinstand war, als Krankenwagen, Notarzt und Polizei angekommen sind, doch sie sind sich nicht sicher.

»Tarek hat doch gar keinen Grund abzuhauen. Oder doch?«, fragt Phillip.

»Ein bisschen verdächtig ist es, in so einer Situation einfach zu verschwinden«, findet Annika. »Tarek hätte sich auf den Boden werfen müssen, um sie zu retten.«

»Ich wollte Pauline retten«, flüstere ich, doch niemand hört mich.

Tarek habe Paulines Liebe nicht erwidert, vermuten sie. Er sei ihr gegenüber zwar sehr korrekt gewesen, da könne man ihm gar keinen Vorwurf machen, nein, er sei auch sehr zuvorkommend gewesen. Aber seine Begeisterung, dass sie ihn in Manhattan besuchen wollte, habe sich doch sehr in Grenzen gehalten. Oliver findet, dass sich Tarek überhaupt sehr merkwürdig verhalten habe. Erst habe er mit seinem coolen Leben in Manhattan angegeben und von seiner Wohnung geschwärmt, als sie sich dann aber selbst eingeladen haben, hätte er doch sehr verhalten reagiert.

»Wisst ihr, was ich denke«, fragt Oliver. »Ich habe den Verdacht, dass sein Manhattan-Leben nicht so glanzvoll ist, wie er behauptet. Bislang konnte er ja erzählen, was er wollte, niemand hat ihn dort je besucht, oder?« Phillip nickt. »Was ist, wenn er nicht in einem Loft, sondern in einem Loch wohnt?«

Denkbar ist es, bestätigen die anderen drei. »Und als hätte Tarek meine Zweifel an seinem Reichtum geahnt, hat er dann alle Glühweinrunden bezahlt«, sagt Oliver. »Es wirkte so, als wolle er etwas beweisen. Oder mit dem Geld angeben, das er vielleicht gar nicht hat.«

»Hat Pauline etwa auch Alkohol getrunken?«, fragt Annika.

»Sie hat heute so viele Tabletten geschluckt, nur um fit für den Weihnachtsmarkt zu werden und Tarek zu treffen«, ergänzt Sara in Tränen aufgelöst. »Da darf sie doch keinen Glühwein trinken!«

»Und ich habe ihr noch eine von meinen Paracetamol gegeben«, sagt Oliver leise.

»Hast du ihr etwa eine von deinen 800ern gegeben?«, ist Annika entsetzt. »Das sind Hammerdinger! Das kannst du nicht machen.«

»Habe ich aber. Vielleicht hat sie eine Unverträglichkeit«, überlegt er. »Pauline hat übrigens nur alkoholfreien Glühwein getrunken.«

»Stimmt. Ich hatte aber zwischendurch den Eindruck, als wäre sie trotzdem betrunken«, erinnert sich Phillip.

»Aber Tarek hat die alkoholfreien Tassen immer mit einem Löffel markiert.«

»Vielleicht hat er ihr etwas reingerührt, Drogen zum Beispiel.«

»Pauline hatte so komisch blaue Lippen. Ist euch das aufgefallen?«, fragt Oliver.

»Nein. Aber warum hatte sie die denn? So kalt ist es nun auch wieder nicht«, wundert sich Annika. »Kann das vom Glühwein kommen?«

»Aber bei Tarek und Phillip war es nicht so«, erinnert sich Oliver.

»Scheiße!« Sara hat ihr Smartphone rausgeholt und starrt auf das helle Display. »Das ganze Internet ist voll mit Warnungen in Bezug auf Paracetamol und ASS. Bei Überdosierung könne es unter Umständen tödlich sein. Symptome: blaue Lippen und Atemlähmung ...«

»Seht ihr«, sagt Oliver und die drei nicken. Sie fühlen sich bestätigt, auch weil sie wissen, dass Pauline zu Hause schon viele Medikamente genommen hat, um überhaupt für den Weihnachtsmarktbesuch fit zu werden. Und wenn Tarek ihr dann Glühwein mit Alkohol und womöglich sogar mit Schuss gegeben hat und dann noch etwas mit dem Löffel reingerührt hat ...

»Aber warum sollte Tarek das tun?«, fragt Annika. »Selbst wenn er sich nicht in Pauline verliebt hat und selbst wenn sie ihm lästig war oder gar aufdringlich, ist das doch noch lange kein Grund, sie zu vergiften. Und dann noch spontan?«

»Du hast recht. Außerdem geht sein Flieger nach Manhattan am Abend des zweiten Weihnachtstages.

Dann wäre er Pauline so oder so losgewesen«, pflichtet Phillip Annika bei.

»Nicht, wenn wir mit Pauline nach Manhattan fliegen«, wendet Oliver ein.

»Vielleicht wollte er sie gar nicht umbringen, sondern nur erreichen, dass sie wieder nach Hause geht«, sage ich so tonlos wie möglich.

»Hat er nicht sogar die noch heilen Gläser wieder zur Theke gebracht. Ich dachte, das macht er wegen des Pfandes, doch vielleicht wollte er auch nur seine Spuren verwischen. Jetzt ist alles gespült und die Spurensicherung wird keine in Alkohol aufgelösten Drogen finden. – Außer vielleicht an den Scherben«, vermutet Oliver.

»Wo sollen die Drogen denn herkommen?«, überlegt Annika.

»Wer weiß, was ein Yuppie aus Manhattan so alles in der Tasche hat«, versucht Phillip einen Scherz, der misslingt.

»Vielleicht war es doch nur ASS oder Paracetamol. Das hat doch bei dieser Krankheitswelle beinahe jeder in der Tasche. Sogar du, Olli«, gibt Annika zu bedenken, was ich gerade sagen will.

»Mir wurde ein Zahn gezogen, deshalb hatte ich so hochdosierte Tabletten«, verteidigt sich Oliver.

Die Tür des Polizei-Bullis wird von außen geöffnet und ein Polizist setzt sich zu uns. Nachdem er unsere Personalien aufgenommen hat, will er wissen, ob und was wir beobachtet haben. Angespannt höre ich Oliver zu, wie er darlegt, dass vermutlich Tarek Pauline irgendeine Substanz – Tabletten? – in Glühwein mit Schuss gerührt habe und man wisse ja um die Gefahren, die mit Medikamenten und Alkohol einhergehen, und ASS und Paracetamol könnten ja auch zu blauen Lippen und Atemlähmungen führen. Der Polizist hört aufmerksam zu, macht sich Notizen und nickt.

»Das wird die Rechtsmedizin zeigen«, erklärt er. »Wenn es so war, wie Sie beschreiben, dann wird es schwierig, den Tathergang zu beweisen. Es sind ja auch sehr viele *Vielleichts* in Ihrer Erklärung.«

Der Polizist verabschiedet sich von uns, wir könnten jetzt nach Hause gehen, würden aber in den nächsten Tagen noch mal befragt werden. Unsere Aussagen müssten schließlich aufgenommen werden. Erleichtert atme ich aus, das ist gerade nochmal gut gegangen. Doch da fällt Oliver noch etwas ein.

»Sag mal, du hast doch Tarek immer tragen geholfen. Korrigiere mich, wenn ich mich falsch erinnere. Aber ich meine, du warst es, der Pauline immer ihren Glühwein gegeben hat«, sagt Oliver und sieht mich an. Ich fange wieder an zu zittern.

»Und eben, unmittelbar nachdem Pauline gestorben ist, hast du gesagt, dass du sie umgebracht hast«, erinnert sich Phillip.

»Könnte es sein, dass du den Löffel aus dem alkoholfreien Glühwein genommen hast und in ein Glas mit Alkohol gesteckt hast? Und könnte es sein, dass du ihr etwas reingerührt hast? Du hast uns eben selbst auf den Gedanken gebracht«, reimt sich Oliver zusammen. »Was hast du denn so in deinen Taschen? ASS und Paracetamol? Du warst doch auch letzte Woche krank.«

»Und könnte es sein, dass du in Pauline verliebt bist, sie aber nur Augen für Tarek hatte«, überlegt Annika.

»Genau«, fällt Phillip ein, »während der Herzmassage hast du gerufen, ›Pauline, komm zu mir‹.«

»Komm zu dir, habe ich gesagt«, sage ich kraftlos, doch niemand reagiert darauf, wie immer, wenn ich etwas sage oder tue.

»Ich kenne mich zwar nicht gut aus, aber ich fand die Art und Weise, wie du die Herzmassage gemacht hast, sehr heftig. Sind nicht sogar Rippen gebrochen?«, fragt Oliver.

»Ich war so wütend«, presse ich Wort für Wort heraus. »Sie hatte nur Augen für Tarek! Ich wollte sie doch nicht umbringen. Ich wollte nur irgendetwas tun, damit sie mich endlich wahrnimmt, weil ich mich in sie verliebt habe. Ich wollte sie retten. Bitte glaubt mir, ich wollte sie nicht umbringen! Ich wollte sie nur nach Hause begleiten, ein bisschen bei ihr sein und ihr helfen. Deshalb habe ich ihr ASS in den Glühwein und ihre Cola gerührt. Und ich habe den Löffel aus dem alkoholfreien Glühwein in einen der anderen gesteckt. Aber ich wollte doch nicht, dass sie stirbt! Es tut mir so leid!«

PADERBORNER WEIHNACHTSWUNDER

Mauritz von Neuhaus

23. Dezember. Noch ein Tag bis zum Heiligabend. Während Alexander Kantstein heute mit Weihnachtsmannmütze in der Kreispolizeibehörde aufgelaufen war, hatte Theresia Rose ihren Koffer dabei. Dies war ihr letzter Arbeitstag, dann konnte sie endlich dem Weihnachtschaos entfliehen. Heute Abend ging ihr Flieger nach Heraklion auf Kreta. Sonne satt statt Glühwein und angetrunkene Frauenkegelclubs in der Paderborner Innenstadt. Welche Wohltat das wird!

Ihr Kollege Alex hatte die Füße auf den Tisch gelegt und spielte mit seinem Smartphone herum, während Theresia ihren Arbeitsplatz urlaubsfertig machte. »Last Christmas, I gave you my heart …«, schallte es plötzlich aus den Bluetooth-Boxen, die Alex auf dem Schreibtisch aufgebaut hatte. Der Kriminalhauptkommissar begann mitzusingen: »… but the very next day you gave …«

»Hören Sie gefälligst auf damit, Herr Kantstein«, herrschte Theresia ihren Kollegen an, »ich halte dieses

Weihnachtszeug nicht mehr aus, und seit wann ist das von Ihnen ach so tollen ›Black Eyed Peas‹?«

Alex reduzierte die Lautstärke, ließ »Wham!« aber doch nicht ganz verstummen. »Röschen, das ist ja unglaublich, dass Sie sich an meine ›Black Eyed Peas‹ erinnern! Aber wir wollen jetzt doch nicht die Stimmung verderben.«

»Von wegen Stimmung, ich bin froh, wenn es mit diesem Weihnachtszauber – oder besser Hexerei – endlich vorbei ist. Ich toleriere Ihre Mütze, aber nicht dieses Herumgeschnulze«, entgegnete sie entschieden. In diesem Moment klopfte es an der Bürotür der beiden.

*

»Haben Sie das auch laktosefrei?«, erkundigte sich Cordula Schilling besorgt am Langos-Stand am Neuen Platz, wo drei Mitarbeiterinnen die frittierte ungarische Teigfladenspezialität zubereiteten. Während die Mittagssonne auf die Familie herabschien und Cordulas kleiner Sohn Philipp an ihrem Wintermantel zerrte, meinte Ehemann Uwe nur schulterzuckend zu ihnen: »Wir nehmen zwei normale Langos mit Schmand.« An seine Frau gewandt, ergänzte er: »Du glaubst doch nicht, dass unsere Tochter so etwas Fettiges überhaupt anpackt. Laktose hin oder her.« Tochter Alina reagierte nicht.

Cordula stimmte zu und wandte ihre Aufmerksamkeit nun dem kleinen Philipp zu. »Was hast du denn?«, erkundigte sie sich etwas genervt, aber auch besorgt.

»Mami, ich … ich muss mal ganz dringend«, quengelte der Junge. Die in einen dicken Mantel eingewickelte Cordula blickte sich sofort suchend nach einer Toilette um. Immer dieses Gedränge, da konnte man das Weihnachtsmarktflair ja gar nicht richtig genießen. Immerhin stimmten heute die Temperaturen.

Tochter Alina stand ein paar Meter abseits mit ihren überdimensionierten Kopfhörern auf dem Kopf, offenbar ohne ihre Umwelt oder das für sie nun ausfallende Mittagessen zu beachten. Naja, das war jetzt nichts, worüber sich Cordula den Kopf zerbrechen musste. Es drängte eher eine Lösung für Philipps volle Blase zu finden, sonst wäre der Weihnachtsbummel bald vorbei. Im Zweifel müsste man doch an der Theaterkasse Örtlichkeiten für den Kleinen finden. In Restaurants nach Toiletten zu fragen, konnte Cordula nicht ausstehen, seit ein Kellner sie vor einigen Monaten vor den Augen ihres Sohnes angepampt hatte.

»Uwe, wir sind gleich zurück. Wartest du mit Alina hier und nimmst unser Langos entgegen?«, fragte Cordula rhetorisch, packte ihren siebenjährigen Sohn entschlossen am Handgelenk und machte sich auf in den Kampf zwischen Fressbuden und Kunsthandwerkständen, weg vom historischen Rathaus und damit hin zum Theatereingang.

*

»Theresia, Alexander, tut mir leid, dass ich euch hier in der Vorweihnachtsstimmung so unterbreche, aber ich habe eine Anfrage von den Kollegen«, begann Fräulein Meiers, die Sekretärin des Staatsanwaltes, kaum, dass sie den Kopf durch die Bürotür gesteckt hatte.

Unisono stöhnten Theresia und Alex auf. Eine *Anfrage* so kurz vor Weihnachten, wenn das nicht zusätzliche Arbeit erforderte – aber was konnte man schon daran ändern.

»Schön, dich zu sehen«, entgegnete Theresia grummelnd, »na, rück schon raus damit, wofür sollen wir heute noch eingespannt werden?«

Etwas verlegen stand die Sekretärin in der Tür und nuschelte: »Bei den Kollegen von B.O.S.S., ihr wisst schon, diesem Büro für Ordnung, Schutz und so weiter gehen wohl die Mitarbeiter aus. Einerseits haben die wohl einen hohen Krankenstand, andererseits wird für den Weihnachtsmarkt auf dem Domplatz und vorm Rathaus wegen zunehmenden Taschendiebstählen und Terrorangst auch mehr Personal benötigt als sonst. Wäre super, wenn ihr da heute bis Dienstschluss einspringen könntet. Bleibt auch eine Ausnahme!«

Streifendienst auf dem Weihnachtsmarkt. Eine katastrophalere Kombination konnte sich Theresia kaum vorstellen. »*Wäre super* heißt auf Beamtendeutsch?«, startete sie daher einen letzten Versuch, dem Weihnachtsmarktschicksal zu entgehen.

»Dienstanweisung. Tut mir leid«, war alles, was Fräulein Meiers herausbrachte. Im selben Moment schnappte Alex sich schon seine Lederjacke und steckte das Handy ein.

»Kommen Sie schon, sicher gibt es Spannenderes als Streifegehen, aber dann bekommen Sie wenigstens noch etwas von Weihnachten mit, bevor es für Sie in den Süden geht«, meinte er an seine Kollegin gewandt.

※

Von älteren Menschen, die sich eingehakt hatten, über junge Paare bis hin zu anderen Familien traf man hier tatsächlich Menschen aller Lebenslagen, wie Cordula erfreut feststellte. Und dazu dieser Glühweinduft und die gebrannten Mandeln! Fast an der Glasfront der Westfälischen Kammerspiele angekommen, hielt die Mutter einen Moment inne und schloss die Augen, um den Moment zu genießen. Mit einem Mal aber spürte sie ein Ziehen in der Schulter und schrie auf. Jemand hatte sie mit voller Wucht angerempelt. Sie hörte noch Schritte und die Beschwerden vieler anderer Weihnachtsmarktgäste in ihrer Nähe. Als sie sich umdrehte, sah sie aber nur noch die kurz geschorenen Haare eines Mannes in der Menge verschwinden. Was dachte der Typ sich nur dabei?

Im gleichen Moment durchzuckte sie ein Gedanke: Hatte sie nicht eben noch am Langos-Stand ein ›Achtung Taschendiebe‹-Plakat gesehen? Hatte man sie etwa bestohlen? Bevor Cordula diesem Verdacht weiter nachgehen konnte, zupfte Philipp erneut an ihrem Mantel.

»Ist gut, Philipp, ich weiß, dass du mal musst. Wir sind ja quasi schon im Theater, da finden wir sicher was«, beeilte sich die Mutter ihren Sohn zu beruhigen.

»Aber Mama, guck mal, da liegt die Frau Reidt aus der Grundschule!«

*

Kaum hatten die beiden Kommissare einen der letzten Parkplätze auf dem Liboriberg erwischt und sich auf die verbleibenden fünf Minuten Fußweg zum Weihnachtsmarkt gemacht, da rauschte es auch schon aus dem Funkgerät. »Achtung an alle Einsatzkräfte in Bereich C. Bitte zum Eingang des Theaters am Neuen Platz kommen. Einsatzkräfte aus C zum Theater!«

»Bereich C, ist das nicht unserer?«, meinte Theresia verwundert. Im selben Moment sprintete Alex los und stieß einige Leute an. Theresia setzte sich widerwillig ebenfalls in Bewegung und versuchte ihrem Kollegen hinterherzurennen. So ein Mist. Von wegen besinnliche Weihnachtszeit. Wehe, sie würde nicht pünktlich ihren Flieger erwischen und dieses Chaos hinter sich lassen.

Als sie wenige Minuten später einen überforderten Kollegen des B.O.S.S. sah, der verzweifelt versuchte, die Menschen möglichst weit vom Theatereingang fernzuhalten, wusste Theresia, dass sie den Tatort erreicht hatte. DAS sollte also Weihnachten sein. Gedränge, Kälte, Geschrei und ein Verbrechen. Von wegen tolle Stimmung.

Ihr Kollege Alex kniete schon bei einer jungen Frau, die am Boden lag. Ein Blutrinnsal bereitete sich unaufhaltsam seinen Weg.

»Herr ...«, schnaufte sie, »Herr Kantstein, was ist denn passiert?« Der junge Kommissar schüttelte nur den Kopf.

»Wir brauchen einen Notarzt! Ist der schon verständigt?«, schob die Kommissarin dennoch nach und erkundigte sich, um sicherzugehen: »Kein Puls?«

»Nein, und eine echt üble Kopfwunde. Weiß gar nicht, ob der Schädel noch ganz ist. Hinüber ist die Frau auf jeden Fall – das so kurz vor Weihnachten ... Sie können schon mal unsere Rechtsmedizinerin verständigen. Der Notarzt sollte auch gleich da sein.«

*

»Ist die Frau Reidt jetzt im Himmel? Kommt sie nach den Ferien wieder?«, wollte der kleine Philipp von seiner Mutter wissen, die drei Meter vom Geschehen entfernt stand und ihren Sohn festhielt. Cordula zitterte nur und versuchte ihm die Augen zuzuhalten – auf Philipps Frage zu seiner Grundschullehrerin antwortete sie nicht. Der eben noch so dringende Toilettengang war erst mal vergessen.

Im gleichen Moment tauchten Uwe und Tochter Alina vor den Westfälischen Kammerspielen auf. »Habt ihr keine Toilette gefunden?«, wollte Uwe arglos von seiner Frau wissen und hielt ihr ein Langos hin. Diese schüttelte nur wortlos den Kopf.

*

Alex richtete sich auf und wandte sich der Familie zu, die in unmittelbarer Nähe stand und entsetzt auf das Opfer am Boden starrte: »Sie haben die Polizei verständigt? Wie ist Ihr Name?«

»Schilling, Cordula Schilling«, entgegnete die Frau tonlos und senkte das Gesicht, »ich habe Sie nicht verständigt, aber wir haben den Täter kurz gesehen. Die arme Frau Reidt, wir kannten sie seit Alinas Grundschulzeit …«

»Geben Sie mal Ihre Lederjacke her, wir müssen die Frau doch irgendwie abdecken«, unterbrach Theresia ihren Kollegen kurz. Alex streifte die Jacke ab und gab sie seiner Kollegin. Anschließend wandte er sich wieder der versammelten Familie Schilling zu:

»Was haben Sie denn gesehen?«, erkundigte Alex sich noch einmal mit beruhigender Stimme. Bevor Cordula Schilling zu Wort kommen konnte, quäkte ihr Sohn: »Der böse Mann hat meine Klassenlehrerin an den Kopf gehauen. Ganz feste. Dann ist er weggerannt und hat dabei Mama wehgetan!!!«

Alex runzelte die Stirn, mit einem so kleinen ersten Zeugen arbeiteten die Kommissare auch eher selten. »Wer von Ihnen vieren war denn dabei?« Der Ehemann schüttelte kurz den Kopf, seine Frau meinte: »Eigentlich nur ich und mein Sohn, ich habe den Mann nur von hinten gesehen. Kurzes, dunkles Haar hatte der.«

Männlich, kurze und dunkle Haare, das traf wohl auf sehr viele Weihnachtsmarktbesucher zu. Alex ließ den Blick zu der Tochter weiterschweifen. »Und du, junge Dame?«

Nach einigen Sekunden erbarmte sich die Teenagerin und zog sich die Kopfhörer von den Ohren. »Waaas?«
»Ob du den Täter bei der Tat oder Flucht beobachtet hast«, hakte Alex nach. Theresia sah in ihm zwar oft noch den Möchtegern-Teenager, was er vielleicht auch beim Kleidungsstil und gelegentlich im Umgang mit Frauen war, an ein Verhalten, wie es dieses Mädchen nun an den Tag legte, musste er sich aber auch gewöhnen. Aber er tat es gern.
Währenddessen war Theresia mit dem Opfer beschäftigt. Nachdem auch sie den Puls überprüft hatte, war sie nun dabei, die Geldbörse der jungen Frau mit Handschuhen zu inspizieren; da war ja schon der Personalausweis. Britt Reidt, wie die Schillings gesagt hatten, noch keine 35. Immer wieder ein Trauerspiel – und das so kurz vor Weihnachten. Zum Teufel auch mit diesem Fest. Wo blieben denn nur der Notarzt und Milena Nolte, die Rechtsmedizinerin? Nicht dass sich das noch ewig hinzog mit diesen Schaulustigen. Bei diesem Trubel durfte Theresia ihren Erholungsflieger auf keinen Fall verpassen.
Inzwischen waren immerhin zwei weitere B.O.S.S.-Einsatzkräfte am Tatort eingetroffen und bemühten sich redlich, mit ihrem Kollegen, einer ganzen Menge Absperrband und netten Worten schaulustige Weihnachtsmarktbesucher vom Eingang des Theaters fernzuhalten. Eine weitgehend aussichtslose Aufgabe, wie auch die zahlreichen Smartphones bezeugten. Wenn schon nicht in der Zeitung, so verbreiteten die Bilder sich doch sicher in den Paderborner Netzwerken. Sicher

hatte auch schon irgendjemand den Tod der Frau von einem der vielen Smartphones gegoogelt.

»Echt krass, dass die die Reidt umgelegt haben. Die war als Referendarin da, als ich gerade in der vierten Klasse war. Die ist eigentlich voll in Ordnung. Hatte aber immer nur komische Typen am Start. Der letzte hat sie hart gestalkt. Voll die Szene letztens auf der Straße gemacht.«

»Und?«, hakte Alex nach, das konnte doch eine interessante Geschichte werden.

»Also, ich hab da eben so zwei Spasten über den Weihnachtsmarkt rennen sehen, meinen Sie die?«, entgegnete das Mädchen dem Kommissar schließlich nach kurzem Schweigen.

»Könnte durchaus sein. Können Sie die beschreiben?«, meinte Alex aufhorchend. Auch Theresia gesellte sich nun interessiert zu den beiden.

»Naja, ich hab die vielleicht auf einem meiner Snaps drauf, wenn das hilft ...«

»Aber unbedingt«, kommentierte Alex begeistert. Mit einem vielsagenden Blick bedeutete er seiner Kollegin ›Sehen Sie, Smartphones haben auch etwas Gutes!‹. Diese hatte jedoch nicht die geringste Ahnung, was jetzt wieder ein Snap sein sollte. Das Mädchen wischte derweil ein paar Mal über ihr Display und offenbarte eine ganze Serie von Selfies. Währenddessen hatte der kleine Junge sich wohl an seine übervolle Blase erinnert und begann erneut herumzunörgeln. Die Mutter fragte kurz an Theresia gewandt: »Könnten wir mal eben kurz zur Theaterkasse?« Diese nickte abwesend und starrte wie Alex gespannt auf das Display.

»Das ist es«, verkündete die Teenagerin schon fast stolz, zu den Ermittlungen beitragen zu können. Am rechten Rand des Fotos sah man ihren Vater mit zwei Langos in der Hand. Im Fokus war das Mädchen selbst, mit dem in das Foto montierten Spruch ›Sad Christmas‹ zu sehen. Am linken Rand sprintete jedoch tatsächlich ein junger Mann durch das Foto, der offenbar keine Zeit zu verlieren hatte.

»Das sind doch Sie, mit ihrer dämlichen Weihnachtsmütze, Herr Kantstein«, kommentierte Theresia erstaunt. Alex' Schultern fielen nach unten; etwas verlegen streifte er die Mütze vom Kopf. Die passte wirklich nicht zur Stimmung. »Dann ist es wohl hoffnungslos, noch jemanden zu finden. Bei dem Trubel hier ... Aber vielleicht kommen wir ja über die Überwachung oder das persönliche Umfeld der jungen Frau auf den Täter«, war Alex schon fast mitten in den Ermittlungen.

In diesem Moment kamen endlich der Notarzt und ein Rettungssanitäter angerannt. »Wir hatten gerade noch einen tiefen Schnitt vom Glühweinglas zu behandeln. Ging wirklich nicht schneller«, beeilte der Arzt sich zu entschuldigen, als er den kritischen Blick der allseits gefürchteten Hauptkommissarin Theresia Rose sah.

Die beiden knieten sich zu der am Boden liegenden leblosen Frau, während sich die Kommissare wieder Familie Schilling zuwandten. »Ich hab wohl auch ein Bild vom zweiten Sprinter ...«, ließ die Tochter kurz anklingen, während Theresia noch einmal das Portemonnaie des Opfers in den Blick nahm. So schnell wollte die Teenagerin nicht aus ihrer Rolle als Ermittlerin zurück in die Musikwelt wandern und präsentierte Alex daher ein weiteres Selfie, bei dem Vater Uwe noch kein Langos in der Hand hielt.

»Können wir da ranzoomen?«, wollte Alex von der Tochter wissen, da das zweite Bild aus größerer Entfernung geschossen war. Diese nickte zustimmend und holte das Gesicht des anderen rennenden Mannes größer in den Fokus. »Mist, verschwommen, aber immerhin ein Ansatz.«

»Schauen Sie mal, was ich hier gefunden habe, ein Familienfoto«, warf Theresia ein. Offenbar ein Bild von einer Hochzeit mit knapp zwei Duzend vom Fotografen sorgfältig drapierten Gästen. »Hier ist unser Opfer zu sehen«, deutete Theresia auf den linken Rand. Auch Alex inspizierte das Bild nun genauer und riss es der Kommissarin plötzlich aus der Hand.

»Das könnte unser Täter sein«, stellte Alex überrascht fest. Und tatsächlich, der junge, über den Weihnachtsmarkt Richtung Marktkirche flüchtende Mann fand sich auch in der Hochzeitsgesellschaft wieder – zumindest insoweit man das bei der verschwommenen Aufnahme beurteilen konnte.

»Das ist nicht der Stalker, den kenn ich aber trotzdem irgendwoher«, kommentierte die Teenagerin die Bilder und begann erneut ihr Smartphone zu bearbeiten. Kurz darauf präsentierte sie stolz ein Facebookprofil. »Das muss er sein: Stanislaw Maier«, verkündete sie und erntete anerkennende Blicke vom Kommissarenteam. Zufrieden streckte das Mädchen seine Schultern durch und lächelte. Da sollte ihr Vater noch einmal sagen, das mit den Smartphones sei doch nur Quatsch.

Den Kommissaren blieb jedoch nicht viel Zeit, um weiter über die Entdeckung nachzusinnen, denn Milena Nolte, die Rechtsmedizinerin, schob sich unter dem Polizeiflatterband hindurch und betrat den Platz. »Da habt ihr aber Glück gehabt, ich wollte gerade ins Auto steigen und zu meinen Eltern fahren. Wir feiern Heiligabend immer gemeinsam«, kommentierte diese nur kurz und kniete sich dann zu Notarzt und Rettungssanitäter.

Alle Blicke, die der Mediziner, der Kommissare und Ordnungskräfte, nicht zuletzt jene der Familie Schilling und anderer Schaulustiger waren nun auf die am Boden liegende Frau gerichtet. Auch ihr kleiner Zeuge und seine Mutter waren wieder da und starrten auf die Lehrerin. Dann jedoch schnappte Theresia nach Luft:

»Ein Wunder! Sie lebt!«

Tatsächlich flatterten Britt Reidts Augenlider. »Bringen Sie eine Transportliege, sofort«, schrie der Notarzt. Eine der B.O.S.S.-Kräfte war geistesgegenwärtig genug, um die mitgebrachte Liege auszupacken, während alle anderen weiterhin mit aufgerissenen Augen auf die tot geglaubte, junge Frau starrten. Nach einem Moment des Innehaltens flüsterte Alex seiner Kollegin ins Ohr: »DAS ist Weihnachten, genießen Sie es!«

*

»Vita reducta, besser bekannt als Scheintod«, dozierte Milena, nachdem man die Kopfwunde des Opfers erstversorgt und sie anschließend in den angefahrenen Krankenwagen geschoben hatte. »Bei einem schockartigen Bewusstseinsverlust kann es durchaus sein, dass Betroffene für einige Minuten keinen Puls und keine Atmung aufweisen. Dass sie jetzt wieder zurück ist, heißt aber erstmal nicht, dass die Frau auch über den Berg ist.«

Alex und Theresia nickten zustimmend. Dann meinte die Kommissarin kritisch: »Schwere Körperverletzung bleibt das aber – Scheintod hin oder her.«

»Aber das fällt dann ja nicht mehr in unser Dezernat, das heißt, wir leiten eine Fahndung nach diesem Stanislaw Maier ein. Danach leiten wir die Fotos an die Kollegen weiter und können in den wohlverdienten Weihnachtsfeierabend gehen«, warf Alex schmunzelnd ein.

»Feierabend? – Mein Flug!«, stöhnte Theresia auf. Alle schauten betreten zu Boden, zumindest die Rettungssanitäter konnten sich ein Grinsen aber nur schwer verkneifen. »Ich bringe Sie eben schnell zum Flughafen und kümmere mich dann um die Fallübergabe«, bot Alex seiner Kollegin an, die schon befürchtete, die Festtage allein im kalten Schloss Neuhaus verbringen zu müssen.

»Und wir feiern den heldenhaften Handy-Einsatz unserer Tochter«, hörte er neben sich den Familienvater verkünden. Herr Schilling klopfte seiner Tochter anerkennend auf die Schulter und zauberte dem Mädchen ein Lächeln auf den Mund, wie er es als Vater wohl nicht so oft zu sehen bekam.

*

Mit quietschenden Reifen fuhr Alexander Kantsteins Sportwagen etwa 20 Minuten später vor dem Terminal des Flughafens Paderborn-Lippstadt vor, auf der Fahrt hatte er sogar ohne Widerstand seiner Kollegin »Last Christmas« spielen dürfen. Theresia sprang – kaum, dass der Wagen zum Stehen gekommen war – heraus, öffnete den Kofferraum und war nur noch zu einem »Tausend Dank« fähig, bevor sie in die Abflughalle sprintete.

Alex lächelte und setzte seine rote Mütze wieder auf. Dieser Dank war für ihn ein zweites Paderborner Weihnachtswunder – schon am 23. Dezember.

DIE TATORTE

Na, haben Sie einige unserer Tatorte wiedererkannt? Hinter welchem Fenster stand der Mörder? In welcher Gasse lauerte der Tod?

Hier finden Sie die Auflösungen und einige interessante Details zu den jeweiligen Spielorten.

*

Dietrich-Bonhoeffer-Straße

In »Gänseschmaus mit kleinen Fehlern« von Gisa Klönne

Im Westen der Stadt liegt nahe des Westfriedhofs die kleine Bungalow-Siedlung der Dietrich-Bonhoeffer-Straße. Ein grünes Idyll aus geduckten Häusern, kleinen Gärten und schmalen Fußwegen, die sich durch die Siedlung schlängeln.

Trotz der zentralen Lage und der Nähe zur Innenstadt findet man hier eine Ruhequelle, sobald man in das Geflecht der Hecken und Bungalows eingetaucht ist.

*

Kapelle am Ostfriedhof

In »Onkel Thorsten« von Maren Graf

Als einer der heute zwölf Friedhöfe in Paderborn wurde der Ostfriedhof 1866 als erster kommunaler Friedhof der Stadt eingeweiht. Unter den 4.861 Gräbern an der Driburger Straße befinden sich auch viele von berühmten Paderborner Persönlichkeiten, wie z. B. Arnold Güldenpfennig (Dombaumeister), Luise Hensel (Dichterin), Christoph Tölle und weiteren Bürgermeistern sowie Johanna Pelizaeus (Schulgründerin).

Nachdem die 1870 fertiggestellte Langenohlkapelle nicht mehr die zeitgemäßen Anforderungen einer Leichenhalle erfüllte, wurde ihre Funktion 1935 von einer neuen Kapelle übernommen. Diese steht bis heute im Zentrum des Friedhofes und ist in dieser Anthologie Spielort der Beerdigung von »Onkel Thorsten«.

*

Hochhaus im Lichtenturmweg

In »Ex und hopp« von Horst Eckert

Etliche Meter stürzt unsere Leiche aus dem Fenster des Hochhauses im Lichtenturmweg 35. Zuvor mag die Mörderin wohl noch den überwältigenden Ausblick über die Stadt genossen haben, der sich ihr hier oben in der Südstadt geboten hat.

Zwischen dem Dahler Weg und der Warburger Straße prägen gleich mehrere Hochbauten das Bild dieses Viertels. Das Straßengeflecht zu ihren Füßen mündet am äußersten Rand in eine lange Straße, welche direkt auf den Haxter Berg führt.

Hier stand der namensgebende Lichtenturm (Haxter Warte), der ursprünglich als Teil der mittelalterlichen Warte zum Schutz der Stadt erbaut wurde und später wiedererrichtet worden ist.

✻

Die Grube

In »Wer andere in die Grube lockt« von Wolfram Tewes

Die Grube ist eine der geschichtsträchtigsten Straßen Paderborns. Bis ins 12. Jahrhundert hinein wurde in ihrem Bereich der Kalkstein für den Bau der Kirchen und Gebäude der Stadt gebrochen. Die Steinbrüche gaben der heute schmalen Gasse ihren Namen, bevor diese ihre Funktion als wichtige Verbindungsstraße zwischen Domfreiheit und Kamp bekam.

Die 1945 schwer zerstörte Grube musste jahrelang wiederaufgebaut werden, bevor sie zu der 125 Meter langen Geschäftsstraße wurde, als die sie heute die Menschen mit ihrem »besonderen Flair« und teils außergewöhnlichen Läden anlockt.

✻

Wohnhaus an der Neuhäuser Straße 48 / Fürstenweg 1

In »Auszeit« von Susanne Kliem

»Ich schaue aus dem mittleren meiner stuckbeladenen Altbaufenster« … hinaus auf die Neuhäuser Straße.

Hier liegt an der Ecke Fürstenweg eines der prächtigsten Wohnhäuser der Stadt und bezeugt mit seiner reich verzierten, auffällig orange-roten Fassade und den detailreichen Elementen die Baukunst früherer Zeit. Noch bis ins 20. Jahrhundert galt die Neuhäuser Straße als vornehme »Vorzeigestraße« und war auf vielen Postkarten der Stadt zu sehen.

Im Zweiten Weltkrieg von den Bomben verschont und im Laufe der letzten Jahre restauriert, steht das Gebäude mittlerweile unter Denkmalschutz.

*

Das Michaelskloster

In »Ein mörderisches Krippenspiel« von Thomas Breuer

Im März 1658 gründeten Schwestern der Augustiner Chorfrauen ein Kloster in Paderborn und begannen außerdem den Unterricht für Mädchen aus dem Volk und höherer Stände.

Dieser Unterrichtstätigkeit war es zu verdanken, dass das Michaelskloster nach 1802 der Säkularisation entging. Mit der Wiedereröffnung des Mädchen-Gymnasiums nach den zerstörerischen Bombenangriffen vom Frühjahr 1945 erweiterte sich der Schulbetrieb um eine Realschule und wurde 2012 in die Trägerschaft des Erzbistums Paderborn übergeben.

2018 soll der Bau einer neuen Grundschule auf dem Gelände von St. Michael die Schullandschaft der Stadt erweitern.

*

Paderauen

In »Haltloses Weiß« von Thomas Schrage

Paderborn liegt an der Pader. Das sagt schon der Name. Das weiß jedes Kind.

Inmitten der Stadt entspringt der kürzeste Fluss Deutschlands aus über 200 Quellen (eine Quelle wurde früher auch als »Born« bezeichnet) und fließt umrahmt von einem breiten Grüngürtel vom Stadtkern in Richtung des Stadtteils Schloss Neuhaus.

Neben dem Paderquellgebiet und dem Padersee ist es vor allem der Auenpark, der die Bewohner und Besucher der Stadt zur Erholung anlockt. Hier entlang führt der Emilie-Rosenthal-Weg, an dem auch unser Autor Thomas Schrage seine Leiche platziert.

Für alle, die etwas genauer gelesen haben: Kurz bevor der Fußweg die kleine Hütte am Rande von Schloß Neuhaus erreicht, breitet sich am Wall zur Münsterstraße eine große Wiese aus, auf der das Grauen seinen Lauf nimmt …

*

Paderborner Dom

In »Du sollst nicht töten« von Joachim H. Peters

Der Hohe Dom zu Paderborn lockt als bekannteste und wichtigste Sehenswürdigkeit der Stadt jährlich tausende Touristen an und beeindruckt auch die Paderborner selbst mit seiner majestätischen Erscheinung. Vor allem sein 92 Meter hoher Westturm gehört fest verankert zum Stadtbild.

In seinem Inneren faszinieren eine der größten Hallenkrypten Deutschlands, der wunderbare Klang der Orgeltrias und die vielen kunstvollen Bildnisse, Gräber und Skulpturen.

Seit nunmehr 950 Jahren steht der Dom an seinem Platz, an dem er im Laufe der Zeit immer wieder von Bränden, Plünderungen oder Kriegsbomben zerstört und dann wiederaufgebaut und restauriert wurde. So erzählt der Dom nicht nur seine eigene, sondern auch die Geschichte der Stadt Paderborn.

*

Ükernviertel

In »Der Tintenkiller« von Christian Jaschinski

Direkt hinter dem Detmolder Tor befindet sich das urige Ükernviertel, dessen Namen vermutlich auf die Bezeichnung »uckerig« bzw. »ückerig« für feuchten Boden zurückgeht.

1875 wurde das Viertel beim verheerenden »Ükernbrand« großflächig zerstört und daraufhin nach einem Bebauungsplan neu strukturiert in einen modernen Stadtteil verwandelt. Alte Zeugen der engen Straßen- und Bauverhältnisse von früher finden sich noch als restaurierte Häuser, z.B. das Hotel »Stadthaus« an der Ecke Hathumarstraße und einige Wohnhäuser im »Ükern«.

Hier befindet sich auch das Büro von Hieronymus C. Doyle.

*

Wohnhaus Giersmauer 17

In »Die schwarze Köchin« von Andrea Gehlen

Da steht dieses kleine Fachwerkhaus an der Giersmauer 17. Beinahe eingequetscht zwischen den großen und modernen Nachbarhäusern wirkt es fast schüchtern hinter seinem weißen Gartenzaun.

Wer dem Verlauf der einstigen mittelalterlichen Stadtmauer über den Ringabschnitt aus Heiersmauer, Giersmauer und Busdorfmauer folgt, stößt immer wieder auf kleine Häuschen, die sich neben neueren Bauten erhalten haben und bis heute den äußersten Rand der Altstadt säumen. Viele von ihnen stehen unter Denkmalschutz und erinnern ihre Betrachter zusammen mit den sieben Türmen, Toren und noch stehenden Mauerstücken an das mittelalterliche Paderborn.

※

Der Geißelsche Garten

In »Fleischeslust« von Christiane Höhmann

Ein kleines Stückchen unberührter Natur findet man in Paderborn direkt in der Innenstadt am Fuße des Doms. Hier liegen eingebettet zwischen der Dielen- und der Rothobornpader die Stadtbibliothek und der Geißelsche Garten.

Außer dem alten Baumbestand und den tierischen Bewohnern dieser waldähnlichen Parkanlage kann man von hier aus viele Besonderheiten der Stadt bewundern: natürlich den Dom und die anliegende Bartholomäuskapelle, die Kaiserpfalz, das Michaelskloster und die hübschen Fachwerkhäuser »auf den Dielen«.

※

Paderborner Weihnachtsmarkt

In »Blaulicht am Dom« Von Rita Maria Fust

Jedes Jahr zur Adventszeit taucht sich die Spitze des Paderborner Doms in ein schillerndes Lichtspiel und bietet die Kulisse für den glänzenden Weihnachtsmarkt auf dem Marktplatz. Etliche Stände bieten hier rund um den Neptunbrunnen Kunsthandwerk, Schmuck und Holzspielzeug an.

Folgt man von hier aus der »Sternengasse« Schildern gelangt man zum historischen Rathaus, das sich in den größten Adventskalender der Region verwandelt: Täglich öffnet es einen Fensterflügel und offenbart eines von 24 Kinderbildern.

Zusammen mit der bekannten »Lebendigen Krippe« vor der Marktkirche, dem über hundert Jahre alten »Paderborner Pferdekarussell« und dem hohen Weihnachtsbaum auf dem Rathausplatz entsteht rund um den Stadtkern eine zauberhafte Vorweihnachtliche Atmosphäre.

*

Der neue Platz und das Theater Paderborn

In »Paderborner Weihnachtswunder« von Mauritz von Neuhaus

Im Herzen der Paderborner Innenstadt liegt der Kötterhagen. Im 18. Jahrhundert noch mit kleinen Häusern und engen Grundstücken bebaut und ab Sommer 2008 großflächig umgebaut, präsentiert er sich heute als »neue Mitte« der Stadt.

Wo seit 1897 noch das alte Geschäftshaus der Volksbank (bis 1942 »Gewerbebank«), das älteste Bürgerhaus Paderborns (1541) und die im 16. Jahrhundert errichtete Gaststätte »Zum alten Brauhaus« standen, erstreckt sich nun seit 2011 der Neue Platz – ein modernes Zentrum mit Gaststätten, Geschäften, einem großen Ärztehaus und dem gläsernen Neubau der 1957 gegründeten Westfälischen Kammerspiele.

Die bei den archäologischen Ausgrabungen entdeckten Kellergewölbe und Mauern wurden in die Neubebauung des Platzes teilweise integriert und sind heute z. B. in der Wand der Tiefgarage und durch eine Glasbodenplatte am Restaurant Bobberts anzusehen. Die Funde dieser alten Architektur und zahlreicher Relikte aus dem Mittelalter haben das Wissen um die Paderborner Stadtgeschichte sehr erweitert.

DIE AUTOREN

THOMAS BREUER | Geboren 1962 in Hamm / Westf., hat in Münster Germanistik und Sozialwissenschaften studiert und arbeitet seit 1993 als Lehrer für Deutsch, Sozialwissenschaften, Informationstechnologische Grundbildung und Zeitgeschichte an einem privaten Gymnasium im Kreis Paderborn (Mauritius-Gymnasium in Büren). Seit 1994 lebt er mit seiner Frau Susanne, seinen Kindern Patrick und Sina, Katze Lisa und zahlreichen Sittichen und Zwergpapageien im ostwestfälischen Büren. Er liebt die Fotografie, die Nordseeinseln und den Darß. Seine zweite Heimat ist Föhr, wo er regelmäßig im Auftrag seiner Hauptfigur Henning Leander neue Kriminalfälle recherchiert, in denen dieser dann ermitteln darf. Thomas Breuer ist Mitglied im Syndikat.

*

HORST ECKERT | 1959 in Weiden/Oberpfalz geboren, lebt seit 1987 in Düsseldorf. Er studierte Politische Wissenschaft in Erlangen und Berlin (Diplom) und arbeitete 15 Jahre als Fernsehjournalist für verschiedene Redaktionen (u. a. »Tagesschau«, »RTL-Nachtjournal«). 1995 erschien sein Debüt »Annas Erbe«. Seine Romane gelten als »im besten Sinne komplexe Polizeithriller, die man nicht nur als spannenden Kriminalstoff lesen kann,

sondern auch als einen Kommentar zur Zeit« (Deutschlandfunk). Sie sind ins Französische, Niederländische und Tschechische übersetzt sowie mehrfach preisgekrönt (u. a. Friedrich-Glauser-Preis 2001 für »Die Zwillingsfalle«, Krimi-Blitz 2012 für »Schwarzer Schwan«, Herzogenrather Handschelle 2017 für »Wolfsspinne«). 2018 erschien bei Wunderlich sein Politthriller »Der Preis des Todes«.
www.horsteckert.de
https://www.facebook.com/horsteckert/

*

RITA MARIA FUST | Die Autorin ist 1971 in Paderborn geboren und hat dort Literatur- und Medienwissenschaft studiert. Seit 2000 lebt sie in Lippstadt und arbeitet als Autorin, Texterin und Dozentin. Sie ist Mitglied der Autorenvereinigungen »Mörderische Schwestern« und »Homer«. Bislang von ihr erschienene Romane: »Der Kaufmann von Lippstadt«, »Die Gunst der Königin« (beide Gmeiner) und »Das Tagebuch der Äbtissin« (Lektora). Zwei Kurzgeschichten hat Rita Maria Fust als self publisherin veröffentlicht.
www.rita-maria-fust.de

*

ANDREA GEHLEN | Jahrgang 1965, eingeborene Bielefelderin, hat zwei Schokoladenseiten – eine dunkle und eine helle. Wenn die dunkle Seite überhandnimmt, schreibt sie Kurzkrimis, die auf humorvolle Weise die Abgründe der menschlichen Seele beleuchten. An sonnigen Tagen schreibt sie fantasievolle und witzige Kinderbücher. Wetterunabhängig arbeitet sie als Dozentin für kreatives Schreiben.

www.andrea-gehlen.de

*

CHRISTIANE HÖHMANN | Christiane Höhmann studierte Germanistik und Anglistik in Berlin und Göttingen. Sie arbeitete 25 Jahre lang als Gymnasiallehrerin und Lehrbuchautorin. Heute leitet sie Schreibwerkstätten und Literaturkurse und ist als Sprachtrainerin tätig. Neben zahlreichen Kurzgeschichten veröffentlichte sie einen Schreibratgeber und sechs Romane, darunter eine Krimireihe um die ehemalige Hauptkommissarin Anne Schall, die an verschiedenen Orten an der Weser ermittelt.

www.christiane-hoehmann.de

*

MAREN GRAF | Die gebürtige Schleswigerin verbrachte ihre Kindheit an der Ostsee rund um Kiel. Seit 2011 unterrichtet Maren Graf Deutsch und Philosophie an einem Gymnasium und lebt mit ihrem Mann und drei Söhnen in ihrer neuen Heimat Paderborn.

Neben ihrer Lehrtätigkeit schreibt sie vorwiegend Kurzgeschichten und Krimis. Mit dem »Todschreiber«

veröffentlichte sie 2016 ihren Debütroman im Gmeiner Verlag.
www.maren-graf.de

*

CHRISTIAN JASCHINSKI | Der Autor wurde 1965 in Lemgo geboren, überlebte die harten 1970er in Breitcordhosen und Nickipullovern, verschrieb sich als Pianist und Keyboarder dem 80er-Jahre-Rock und ist nach kleineren Umwegen seit über 20 Jahren wieder in Lippe zu Hause. Als Rad- und Cabriofahrer ist er ein großer Fan der abwechslungsreichen lippischen Landschaft. Er schreibt Krimis und Comedy-Literatur, die er gemeinsam mit Singer-Songwriter Jonas Pütz in »Text-Konzerten« auf die Bühnen bringt.
www.christianjaschinski.de

*

SUSANNE KLIEM | Am Niederrhein geboren, lebt die Autorin heute mit mit ihrer Familie in Berlin. Sie ist gelernte Buchhändlerin und arbeitete als Presserefentin für Fernsehserien von ARD und ZDF sowie für das größte deutsche Theaterfestival »Theater der Welt«. Seit 2009 schreibt sie Kriminalromane und Kurzkrimis. Zuletzt erschien von ihr der Psychothriller »Das Scherbenhaus« im Verlag carl's books / C. Bertelsmann.
www.susannekliem.de

*

GISA KLÖNNE | Geboren 1964, wurde Gisa Klönne mit ihrem Debüt »Der Wald ist Schweigen« (2005) zu einer der beliebtesten Krimiautorinnen Deutschlands. Ihre Judith-Krieger-Reihe wurde mehrfach übersetzt und ausgezeichnet, u. a. mit dem Friedrich-Glauser-Preis. Klönnes autobiografisch inspirierter Familienroman »Das Lied der Stare nach dem Frost« (2013) stand wochenlang auf der Spiegel-bestsellerliste. Ein weiterer Roman folgte. Klönne schreibt auch Kurzgeschichten und ist Herausgeberin zweier Krimi-Anthologien. Zuletzt erschien bei Piper Band sechs der Krieger-Reihe »Die Toten, die dich suchen«.
www.gisa-kloenne.de

*

JOACHIM H. PETERS | Geboren? Ja, und zwar im Jahre 1958 im soeben noch westfälischen Gladbeck. Nach erfolgreicher Kindergartenverweigerung und Absolvieren diverser Volksschulen Besuch der städtischen Mittelschule mit abschließender mittlerer Reife und logischem Wechsel in die mittlere Beamtenlaufbahn. Seit 1975 als Polizeibeamter u. a in Oberhausen, dem Kreis Recklinghausen und mittlerweile in Lippe tätig. Im Jahre 2009 erschien mit »Koslowski und der Schattenmann« sein Debütkrimi, dem mittlerweile noch 13 andere folgten. Joachim H. Peters lebt und arbeitet als Kriminalhauptkommissar in Detmold. Wenn er in seiner Freizeit gerade mal keine Krimis schreibt, aus seinen Büchern liest, sein eigenes Kabarettprogramm aufführt oder in anderen Rollen auf der Bühne steht, engagiert

er sich sowohl als Darsteller, als auch im Bühnenbau in der Dance Company der Polizei NRW.
www.koslowski-krimis.de

*

THOMAS SCHRAGE | Autor Padermorde. Geboren 1969 vor den Toren Kölns. Nach langjähriger Arbeit an Stadttheatern und Stationen in Düsseldorf, Paris, Trier, Mainz und Frankfurt lebt er heute im Kölner Süden, ist freier Schauspieler und Regisseur, schreibt sowohl literarisch als auch journalistisch.

Mit »Theatertod« hatte er sein Romandebüt im Gmeiner-Verlag.
www.thomas-schrage.de

*

WOLFRAM TEWES | Geboren 1956 in Peckelsheim/Westfalen. Dort verbrachte er seine Kindheit und Jugend in dörflicher Umgebung. Nach einigen Lehr- und Wanderjahren 1982 endlich sesshaft geworden auf der Nordseeinsel Norderney. Als Mädchen für alles bei der Norderneyer Badezeitung zuständig für Anzeigen, Vertrieb, Redaktion und Kaffeekochen. Seit 1987 im Anzeigenbereich der Neuen Westfälischen Zeitung (Bielefeld). Privat ist er verheiratet (seit über 25 Jahren), Vater von zwei mittlerweile erwachsenen Töchtern und wohnt in Horn-Bad Meinberg im wunderschönen Lipperland.

*

MAURITZ VON NEUHAUS | Nach seiner Schulzeit am Bürener Mauritius-Gymnasium studierte Mauritz von Neuhaus Geschichte und Französisch in Münster. Teile seines Studiums verbrachte der begeisterte Europäer im politischen Herzen des Kontinents: Belgien. Anschließend arbeitete er einige Zeit in Japan. Heute lebt er schreibend und immer wieder von der Welt überrascht zwischen Büren und Costa Rica. Sein Debüt »Totgehoppelt« erschien im Gmeiner-Verlag.

*Weitere Titel finden Sie auf den
folgenden Seiten und im Internet:*

WWW.GMEINER-SPANNUNG.DE

Maren Graf; Gisa Klönne, ...
Padermorde
Kriminalroman
256 Seiten, 12 x 20 cm
Paperback
ISBN 978-3-8392-2327-7
€ 13,00 [D] / € 13,40 [A]

Es wird kalt im Paderborner Land. Eiskalt. Und das liegt nicht nur an der winterlichen Jahreszeit. Denn gleich mehrere Mörder ziehen durch die Stadt und machen der besinnlichen Gemütlichkeit den Gar aus. Statt Eiskristalle hagelt es Geschosse, die stille Nacht durchbricht ein Schrei und nicht nur der Festtagsbraten liegt tot auf dem Tisch. Dreizehn deutsche Krimiautoren stürzen sich in eine mörderische Adventszeit und sorgen mit ihren Kurzgeschichten für spannende Lesestunden um den Gefrierpunkt.

GMEINER SPANNUNG

WWW.GMEINER-VERLAG.DE
Wir machen's spannend

Alexa Thiesmeyer
Bonner Verrat
Kriminalroman
314 Seiten, 12 x 20 cm
Paperback
ISBN 978-3-8392-2531-8
€ 12,00 [D] / € 12,40 [A]

Ministerlimousinen auf den Straßen, der Bundeskanzler als Nachbar und schillernde Staatsbesuche – all das sind für die Bonnerin Bärbel schöne Kindheitserinnerungen. Ein halbes Jahrhundert später will sie die Zeit bei einem Klassentreffen wieder aufleben lassen. Doch ihr ehemaliger Schulfreund Uwe reagiert nicht auf ihre Einladung und flieht sogar vor ihr. Mit ihrem Neffen Malte will Bärbel herausfinden, warum. Bald ahnt sie, dass Uwe einem Familiengeheimnis aus dem Kalten Krieg nachjagt, für das Menschen immer noch über Leichen gehen …

GMEINER SPANNUNG

WWW.GMEINER-VERLAG.DE
Wir machen's spannend

Bernhard Wucherer
Glühweinmord im Hexenhof
Kriminalroman
476 Seiten, 12 x 20 cm
Paperback
ISBN 978-3-8392-2541-7
€ 14,00 [D] / € 14,40 [A]

Auf dem »Hexenhof«, einem besonders beliebten Teil des Aachener Weihnachtsmarktes, wird in einer Glühweinbude ein vergifteter Student gefunden. Doch dies ist nur der Auftakt einer ganzen Serie von »Glühweinmorden« die rasch auch Belgien und Holland erschüttern. Weil der schrullige Commissaire Frederic criminelle Le Maire aus dem ostbelgischen Eupen und die taffe Aachener Rechtsmedizinerin Dr. Angelika Laefers zum ersten Mord gerufen wurden, ermitteln sie verdeckt weiter und stoßen dabei gleich auf mehrerlei Verdächtige, die scheinbar nichts miteinander zu tun haben.

GMEINER SPANNUNG

WWW.GMEINER-VERLAG.DE
Wir machen's spannend

Das Siegerland

Michaela Küpper
Entlang der Sieg
Lieblingsplätze
192 Seiten, 14 x 21 cm
Paperback
ISBN 978-3-8392-1255-4
€ 14,99 [D] / € 15,50 [A]

In ihrer wildromantischen Schönheit bietet die Sieg Erholung pur – von der weiten Auenlandschaft im Mündungsgebiet zur Quelle im einsamen Rothaargebirge. Der Weg stromaufwärts führt durch liebliche Täler und waldreiche Höhen mit eindrucksvollen Aussichtspunkten, vorbei an Burgen, Klöstern und idyllischen Dörfern. An der Sieg lässt es sich herrlich baden, radeln, Boot fahren oder wandern, auch Familien mit Kindern sind hier bestens aufgehoben. Die Autorin Michaela Küpper führt den Leser an 66 ausgewählte Lieblingsplätze und stellt 11 besonders schöne Ausflugslokale vor.

GMEINER KULTUR

WWW.GMEINER-VERLAG.DE
Mensch, Kultur, Region